Louisa Metz

Konfettiregen

novum pro

www.novumverlag.com

Bibliografische Information
der Deutschen Nationalbibliothek:

Die Deutsche Nationalbibliothek
verzeichnet diese Publikation in
der Deutschen Nationalbibliografie.
Detaillierte bibliografische Daten
sind im Internet über
http://www.d-nb.de abrufbar.

Alle Rechte der Verbreitung,
auch durch Film, Funk und Fernsehen,
fotomechanische Wiedergabe,
Tonträger, elektronische Datenträger
und auszugsweisen Nachdruck,
sind vorbehalten.

© 2018 novum Verlag

ISBN 978-3-95840-665-0
Lektorat: Silvia Zwettler
Umschlagfotos: Natalia Marchenko,
Maxborovkov | Dreamstime.com
Umschlaggestaltung, Layout & Satz:
novum Verlag

Gedruckt in der Europäischen Union
auf umweltfreundlichem, chlor- und
säurefrei gebleichtem Papier.

www.novumverlag.com

Vorwort

*Never give up on something you can't go
a day without thinking about.*
(Winston Churchill)

Konfettiregen. Die Frage, mit der ich am häufigsten konfrontiert werde, ist, was die Beweggründe waren, ein Buch zu schreiben und die Geschichte auf ihre heutige Größe wachsen zu lassen. Wie man dazu kommt, seine Zeit und Gedanken in sie zu investieren und so viel Herzblut und Energie in die Erschaffung der Charaktere und deren Erlebnisse zu stecken. Bücher und das Lesen waren schon immer ein großer Bestandteil meines Lebens und im Sommer 2011 beschloss ich, einfach ein paar Gedanken festzuhalten – noch ohne die Absicht, einen Roman daraus zu kreieren. Und schon war der Spaß am Schreiben geweckt. Es war ein neuer Ausdruck an Kreativität, es konnte eine neue fiktive Welt geschaffen und Schicksale festgehalten werden. Es war wie Sims oder das Spiel des Lebens – nur in Schwarz-Weiß. Kaum hatte ich mit den ersten Wörtern begonnen, ließ mich der Gedanke daran nicht mehr los und so schuf ich einen Platz für all meine Ideen und Gedanken. Nach einiger Zeit war das Schreiben nicht mehr fortzudenken. Das Buch hat mich seitdem ganze vier Jahre begleitet und als in meinem Leben ein neuer Abschnitt nach dem Abitur anstand, war es auch an der Zeit, in diesem Buch den letzten Punkt zu setzen. Zumindest vorerst ...

Die Geschichte ist nicht perfekt, sie ist vielleicht überzogen, teils nicht ausgereift, nicht aufregend genug oder gar unrealistisch und zu fantasiereich. Dennoch ist sie gut, so wie sie ist. Mit all ihren Ecken und Kanten hat sie etwas in sich, was ein jedes Buch im Kern zu haben scheint. Sie ist ein Zufluchtsort aus der Realität hinaus in die eigene Fantasie und das Kopfkino hinein.

The only way to do great work is to love what you do.
(Steve Jobs)

Es ist vielleicht im ... im Leben kann einer der härtesten Rückschläge sein, dass man, wenn man mit jemandem, mit dem man sehr, sehr viel Zeit verbracht hat und von dem man geglaubt hat, dass er einem was bedeutet ... dass wenn irgendwann der Moment kommt, wo's drauf ankommt und wo man sagt: „Hey, hier bin ich, jetzt ist es, jetzt geht's mir nicht so gut, hier bin ich ..." Und dann ist er nicht mehr da und man hat immer geglaubt, dass man vielleicht für den anderen was Besonderes ist und irgendwann merkt man: „O. k., vielleicht war das nur die Hoffnung und vielleicht war das nur der Wunsch, dass man dem anderen so viel bedeutet." Und dann merkt man, dass es nicht so ist, und dann tut das vielleicht sehr, sehr weh ... wie soll ein Mensch das ertragen?

(Philipp Poisel)

In meinem Kopf dreht sich alles. Nicht wegen des Alkohols, der ist durchaus auch reichlich geflossen heute Nacht; die Neuigkeiten haben mich nur schlagartig wieder nüchtern gemacht und ihretwegen drehen sich meine Gedanken ununterbrochen. Das ist nicht wirklich passiert. Alles nur ein böser Traum. Ich wanke ins Bad und schminke mich lustlos auf dem Toilettendeckel sitzend ab. Zurück im Zimmer schaue ich ein letztes Mal auf mein Handy. Fünf verpasste Anrufe, 15 Nachrichten. Alle von Mira und Nick. Es war kein Traum.

Ich schmeiße das Handy auf das Bett, öffne die Balkontür, lege mich auf den Boden und zähle Sterne. Das mache ich immer, wenn ich mich ablenken will.

Es geht mir nur ein Wort durch den Kopf. Warum? Es lief gut für mich, richtig gut. Und ich war glücklich, weil ich es zu schätzen wusste. Aber jetzt? Ich frage mich, was davon echt war und was davon reine Illusion.

Bis vor ein paar Stunden glaubte ich wirklich an das Gute im Menschen. Doch da war mein Leben auch noch nicht auf den Kopf gestellt.

Ich muss Stunden hier draußen gelegen haben und eingeschlafen sein, denn als ich wieder zu mir finde, geht die Sonne schon hinter den ersten Häusern draußen am See auf. Ich bin verwirrt. Habe anscheinend zu viel nachgedacht – über das Leben, die schönen Seiten, aber vor allem auch über die Tücken, die es mit sich bringt.

Wenn der Mensch doch nur mal seine Augen aufmachen würde, wenn er durch die Welt geht. Es könnte so vieles anders laufen. Nur durch Aufmerksamkeit, und vor allem durch Nicht-naives-Denken. Wieso gibt es denn keine Anleitung für das Leben? Für jeden einzelnen Schritt beim Schrankmontieren gibt es eine meist zu detaillierte Beschreibung. Und für das Leben? Mit dem man jeden Tag klarkommen muss? Nichts, nicht einmal ein Handbuch, das man bei der Geburt bekommt, zum Beispiel *„Das Leben, einfach und leicht gemacht", „Leben für Dummies"* oder *„Das Rezept für ein genüssliches Leben".* Ach, was weiß ich. Jedenfalls sollte man vor den Risiken und Nebenwirkungen vielleicht vorher warnen.

Ich habe zwar keine Ahnung, wie ein solches Handbuch genau aufgebaut sein sollte, aber über gewisse Tücken könnte man ja durchaus vorher mal aufgeklärt werden. Im Nachhinein sehe ich die Geschichte ganz anders als damals, als ich in der Hauptrolle gesteckt habe und ganz benebelt war vor Glück.

Heute ist der Nebel weitergezogen. Jedoch hat sich hinter ihm nicht die Sonne versteckt, sondern ein böses Gewitter.

Aber mal ganz von vorne.

15. August 2016

Freundschaft, das ist eine Seele in zwei Körpern.
(Aristoteles)

Dieser Spruch passt perfekt zu uns. Es ist der größte und schönste Spruch an meiner Wand. Sie hängt voll von solchen Sprüchen. Angefangen habe ich mit meiner Sammlung, als ich dreizehn war. Es sind lustige und traurige Sprüche, Sprüche zum Nachdenken, Songtexte, Zitate von Serien und Freunden oder auch Lebensweisheiten. Meine Mutter fand das anfangs gar nicht toll, da ich die Sprüche an meine Wand schrieb und als wir umzogen, überstrichen wir sie, damit unsere Nachmieter sich nicht beschweren konnten.

Nun ja, mein neues Zimmer soll nicht schon wieder verunstaltet werden, deshalb schmücken nun unzählige Notizzettel die neu auserwählte Wand.

Seit einer halben Stunde starre ich nun vor mich hin und warte darauf, dass die Zeit vergeht, bis ich endlich losgehen kann. Gedanklich bin ich nur bei Mira. Wie sie jetzt wohl ausschaut? Ob sie mich auch so vermisst hat? Ich schaue auf das Bild, das auf meinem Schreibtisch steht. Sie hat es mir zu meinem sechzehnten Geburtstag geschenkt: per Post in einem riesigen Paket mit anderen tollen Dingen. Ich erinnere mich noch genau daran, als wir das Bild schossen. Es war ein Samstag, der 14. August vor einem Jahr in den Sommerferien. Die Stimmung war nicht so locker wie sonst, weil wir beide wussten, dass das unser letzter gemeinsamer Tag war. Deshalb überraschte ich sie mit einem Picknick an unserem Baum. Dies ist ein Ort nur für uns beide. Er ist etwas entfernt von der Stadt und steht mit mehreren Bäumen auf einer großen Wiese am Waldrand, aber dadurch werden wir durch nichts und niemanden gestört.

Immer, wenn es einer von uns beiden schlecht geht oder wir uns etwas zu erzählen haben, gehen wir zu unserem Kirschbaum und klettern hinauf in die Krone. Allerdings wäre es etwas schwierig, mit dem Picknick zu klettern, deshalb saßen wir an diesem Tag unter unserem Baum. Mira war total begeistert von dieser Überraschung, dass sie wieder einmal mit ihrem Monolog anfing, wie sie dieses Jahr in Amerika wohl ohne mich aushalten sollte. Im Gegensatz zu mir fällt es Mira überhaupt nicht schwer, Kontakte zu knüpfen. Für sie ist das nichts anderes als hinauf in unseren Baum zu klettern – kinderleicht und Routine.

Darüber, dass sie dort keinen Anschluss finden sollte, machte ich mir keineswegs Sorgen und so fand sie schon nach zwei Wochen neue Freunde, die sie gleich zu einer richtigen HighSchool-Party einluden. Auch wenn wir wirklich viel gemeinsam haben, bin ich in diesem Fall das totale Gegenteil von ihr. Bis ich neue Leute kennengelernt habe, sind Wochen vergangen und ein Mädchen, das gerne Party macht, bin ich auch nicht wirklich. Aber trotzdem sind wir unzertrennlich und deshalb schrieben wir regelmäßig kurze Nachrichten, um der anderen mitzuteilen, was es Neues auf der gegenüberliegenden Seite der Erde zu berichten gab. Allerdings nicht alles, denn die guten und spannenden Geschichten wollten wir uns noch aufsparen, bis wir uns wiedersehen würden.

Ich betrachte mich noch ein letztes Mal im Spiegel.
Wenn man mich ansieht, fallen zuerst die langen Beine und meine Körpergröße auf, für die ich teilweise echt beneidet werde. Modelmaße sagen sie alle. Doch ich sehe auch schnell ziemlich schlaksig aus. Wo doch auch meine Oberweite mit nicht viel Weite dienen kann, sind weibliche Kurven deshalb nicht vorhanden.
Weiter zu meinen undefinierbaren Augen. Die Augenfarbe ist irgendetwas zwischen blaugrau, dunkelgrün mit einem braunen Ring, der die Pupille umrahmt.

An Tagen, an denen ich gut gelaunt bin und alles toll ist, interessieren mich diese aufgezählten Dinge gar nicht. Aber an anderen Tagen, da könnte ich nur verzweifeln. Ich denke, jedes Mädchen weiß, wovon ich spreche.

Aber die Jungs? Ein Junge hätte jetzt sicherlich spätestens nach meinem ersten Problem abgeschaltet und diesen Absatz übersprungen. Ich meine, wir wissen alle, wie Jungs die Augen verdrehen, sobald sie Sätze wie „Schatz, glaubst du, ich bin zu dick?" hören.

Meine schulterlangen blonden Locken trage ich heute offen. Ich habe sie selten so, weil sie meist einfach nur herunterhängen. Aber heute sind sie richtig lockig, was mir echt gefällt.

Und wenn ich schon mal zufrieden bin, dann muss es echt toll sein, weil ich normalerweise schwer zu überzeugen bin, was mein Aussehen, aber vor allem meine eigenen Arbeiten angeht.

Ich bin selbstkritisch bis ins letzte Detail und hinterfrage alles, was nur geht. Auf der einen Seite annähernd perfektionistisch, auf der anderen Seite gehen viele andere Dinge an mir vorbei, die mich nicht sonderlich interessieren und die ich erst gar nicht herausfinden möchte. Die einen sehen das eher als Hindernis oder schlechte Eigenschaft, aber für mich ist das meistens kein Problem, ich habe mich damit arrangiert und es funktioniert eigentlich auch ganz gut so weit. Doch sobald ich beginne über Tiefgründiges nachzudenken, spalten sich zwei meiner Hauptakteure in ambivalenter Weise nur allzu gern.

Das Herz lässt sich nicht so leicht beeinflussen,
aber der Kopf dagegen lässt sich leicht überzeugen.
(Die Eiskönigin)

Der Kopf und das Herz. Die beiden sehen die Situationen bekanntlich aus zwei verschiedenen Perspektiven, was mich ab und an völlig verzweifeln lässt, weil ich nicht besonders entscheidungsfreudig bin.

Ich suche meine letzten Sachen zusammen. Ich habe sogar ein kleines Geschenk für Mira besorgt.
Ich öffne noch einmal meine Tasche und überprüfe die Uhrzeit auf meinem Handy: 19:36 Uhr. Auf dem Hintergrund erscheint ein Bild von Mira und mir. Ich wäre ja schon früher aufgebrochen, aber sie wusste selbst bis gestern Abend um elf nicht, welchen Flug sie bekommen würde, weil sie drei Stunden im Stau standen. Das hat mir Mira schon vorhin in einer SMS geschrieben.
Ach, ich muss ihr noch so viel erzählen und sie hat bestimmt auch noch eine Menge auf Lager. Wir bräuchten noch die restlichen Ferien, um uns alles so detailliert zu erzählen, wie wir es sonst immer tun.

Aber jetzt kann es endlich losgehen.
Als ich aus dem Haus gehe, höre ich Reifen auf dem geschotterten Hof bremsen. Ich blicke um die Ecke. Es ist meine Mutter.
„Ach, Leni, du kannst mir gleich einmal mit den Einkäufen helfen."
„Mama, ich bin wirklich schon spät dran! Frag Marlon, der hängt sowieso nur am Computer!"
„Wenn ich deinen Bruder bitte, kann ich auch darauf warten, dass die Einkäufe ins Haus fliegen. Wohin gehst du denn jetzt noch?"
„Ähm, Mama, heute ist der 15. August! ... Mira ist wieder da!"
„Ah stimmt. Das ist ja schön. Richte ihr schöne Grüße aus und drück sie von mir. Sie soll sich bald einmal wieder hier blicken lassen!"
„Okay, das mach ich bestimmt. Darf ich dann gehen?"
„Na gut, dann mach dich mal auf, dass du noch rechtzeitig kommst."
„Alles klar!", antworte ich schnell und gehe die Hofeinfahrt hinunter.
Diesen Weg bin ich schon lange nicht mehr gelaufen.
Ich kann es kaum erwarten, sie wiederzusehen. Jede weitere Straße, die mich näher zu Miras Haus bringt, sieht reicher aus. In

meiner Straße stehen mittelgroße Einfamilienhäuser, während in Miras Straße die Reichen der Stadt wohnen. Die Prachtanwesen hier sind bestimmt doppelt so groß wie unser Grundstück. Noch an zwei riesigen Häusern vorbei, dann stehe ich vor der Villa, die Miras Papa besitzt. Ihr Vater ist Geschäftsmann und reist ständig von einem Ort zum anderen. Dafür bringt er seiner Tochter aber immer ein Geschenk mit, wenn er einmal wieder für kurze Zeit nach Hause kommt. Deshalb lebt Mira quasi alleine in diesem Schloss. Aber eigentlich ist sie nie alleine, weil sie Tag und Nacht von irgendwelchen Bediensteten umgeben ist.

Ich hoffe, sie wird mein neues Kleid bemerken. Monatelang habe ich daran gearbeitet, bis es vor zwei Wochen endlich fertig geworden ist. Es ist ein roséfarbenes High-Low-Kleid, ganz schlicht. Es ist mein drittes selbst designtes Kleid und meiner Meinung nach ein erster Erfolg.

Mode und Architektur – das sind meine beiden größten Hobbys. Eigentlich wollte ich Mode studieren, aber meine Eltern sind der Ansicht, dass man allein von der Mode nicht leben kann. Ich sollte doch Ärztin oder Lehrerin werden. Nur weil man da sicher nicht schlecht bezahlt wird.

Ich habe jetzt allerdings beschlossen, Architektur nach dem Abitur zu studieren. Meine Vorliebe dazu habe ich entdeckt, als wir letztes Jahr unser neues Haus planten. Ich habe einmal in die Unterlagen geschaut, als sie dort im Esszimmer verteilt lagen, und begann mich damit zu beschäftigen. Ich machte eine Kopie der Blätter und veränderte hier und dort ein wenig. Innerhalb weniger Tage hatte ich das Haus von oben bis unten verändert und auf den neuesten Stand gebracht.

Jetzt hieß es nur noch, den günstigsten Moment abwarten.

Und tatsächlich: Eine Woche später waren meine Eltern wieder einmal am Verzweifeln: Die gewünschte Zimmeranzahl passte nicht ins Haus, die Kosten stiegen und stiegen.

Ich setzte mich zu ihnen und teilte ihnen mit, dass ich eventuell eine Idee hätte, wie alles klappen könnte. Sie schauten sich etwas verwirrt an und antworteten nicht. Ich holte die Entwürfe aus meinem Zimmer und breitete sie dann vor meinen überraschten Eltern aus.

Sie begutachteten die Pläne genau und Mamas Lächeln wurde immer größer: „Also ich weiß ja nicht, wie du das gemacht hast und wie du überhaupt an die Unterlagen gekommen bist, aber ich habe rein gar nichts auszusetzen. Du hast echt alles hinbekommen, was wir wollten. Und gut schaut es auch noch aus. Ich bin echt beeindruckt." Papa nickte zustimmend und fügte noch hinzu: „Wow, das hast du echt toll gemacht. Ich denke, wir zeigen die Pläne gleich morgen unserem Architekten, oder? Dann kann's hoffentlich bald losgehen mit dem Hausbau."

Mission erfolgreich. Ich finde es immer herrlich, wenn Leute nichts von einem erwarten und man sie dann mit einem Ass im Ärmel überraschen kann.

Ein paar Tage später war alles mit dem Architekten abgesprochen. Auch er war sichtlich begeistert von meiner Kreativität und hatte nur noch ein paar kleine Dinge auszusetzen. Außerdem verschaffte er mir auch gleich noch ein Praktikum bei ihm im Büro. Er meinte, solche Talente müssten gefördert werden. Denn ich habe nicht einmal studiert und schon hatte ich mit sechzehn entscheidend an einer Hausplanung mitgewirkt.

Somit waren meine Eltern auch ruhiggestellt, denn nun konnten sie nichts mehr an meinem Zukunftstraum aussetzen.

Ich öffne das große schwarze Eisentor und laufe zur Haustür. Zwischen dem perfekt angelegten Rasen links und rechts neben mir gehe ich den weißen Weg entlang. Das Haus erscheint mir auf einmal so groß, noch größer als ich es in Erinnerung hatte, und die beige Farbe des Hauses leuchtet richtig. Das liegt bestimmt an Mira. Sie strahlt immer eine Fröhlichkeit aus, von der alle angesteckt werden.

Auf halber Strecke höre ich die Dreifach-Entriegelung der schweren Haustür. Zuerst reagiere ich nicht darauf, erst als ich dann aus dem Augenwinkel erkenne, dass mir jemand entgegenrennt, sehe ich Mira.

Die besten und schönsten Dinge auf der Welt kann man weder sehen noch hören. Man muss sie mit dem Herzen fühlen.
(Helen Keller)

Ich schreie los und in mir kommt ein riesiges Glücksgefühl hoch. Ich freue mich so sie wiederzusehen. Sie sieht umwerfend aus. Wie ein Model. Sie ist richtig braun geworden und ihre dunkelblonden Haare sind bestimmt zwanzig Zentimeter länger. Zu ihrem weißen Top sieht das umwerfend aus. Äußerlich hat sie sich schon einmal verändert.

Ich renne ihr entgegen und als wir uns dann endlich in den Armen liegen, wollen wir uns gar nicht mehr loslassen.

„Oh mein Gott! Leni, du siehst so toll aus! Der Wahnsinn!"

„Und du erst! Wie haben die dich denn verändert? Wow! Du bist wieder da. Ey, du glaubst gar nicht, wie lange das Jahr ohne dich war. Ich habe dich so vermisst."

„Ich dich auch. Ich habe schon aufgehört zu zählen, wie oft ich einfach in ein Flugzeug steigen und wieder zu dir fliegen wollte."

„Oh Gott, war's so schlimm?"

„Nein, Quatsch. Aber es war so weit weg von zu Hause!"

Nachdem wir zehn Minuten in ihrem Hof standen, gehen wir nach hinten auf die Terrasse und schauen uns jetzt den Sonnenuntergang an. Im Hintergrund hört man bei den Nachbarn Kinder spielen. Es ist schon ziemlich spät, aber es sind Sommerferien und da gibt es wohl in jeder Familie Ausnahmen. Bei mir war das heute auch der Fall, denn normalerweise mögen meine Eltern es nicht, wenn ich so abends noch einmal das Haus verlasse und nicht weiß, wann ich wiederkomme, aber wie oft kommt schon die beste Freundin nach zwölf Monaten aus Amerika zurück? Und da Mira auch noch so etwas wie das fünfte Familienmitglied ist, ließen meine Eltern mich gehen.

„Also, erzähl. Wie war es dort? Gab es gut aussehende Jungs? Hast du dort alles verstanden? Wie war das Essen?", bombardiere ich Mira mit Fragen. „Ganz ruhig. Mein Gott, wie habe ich dich vermisst. Ich weiß gar nicht, wo ich anfangen soll ..." Wir haben uns so viel zu erzählen. Noch nicht einmal ihre Koffer haben es ins Zimmer geschafft, denn die stehen noch unberührt im Flur. Ich konnte es gar nicht erwarten, sie wiederzusehen, nach einem Jahr ohne die beste Freundin.

Wir haben uns wirklich alles aufgehoben und der anderen nichts verraten, was man die letzten Monate so angestellt hat. Das war zwar ganz schön hart, aber dafür ist die Spannung heute umso größer.

Rosi, die Haushaltshilfe, kommt gerade aus dem Haus und bringt uns Orangenlimonade und Kekse auf einem Tablett.

„Hallo, Leni, wie geht es dir? Schön dich wieder hier zu sehen!"

„Guten Abend, Rosi. Mir geht es gut und Ihnen? Ja, ich finde es so toll, dass Mira wieder da ist."

„Ja, das glaub ich dir. Mir geht es gut, wie immer. Jetzt kehrt endlich wieder Leben in dieses Haus zurück. Ich hatte schon Angst, Mira kann gar kein Deutsch mehr. Aber das Erste, was sie zu mir nach einer dicken Umarmung sagte, war: Hi, Rosi, wie habe ich dich vermisst! Stell dir vor, ich musste dort meine Wäsche selbst waschen. Das war echt Horror! Na ja, jetzt kann ich's wenigstens. Sei aber nicht traurig, ich habe dir natürlich noch eine Menge Arbeit wieder mitgebracht!"

Ich fing an zu lachen. Typisch Mira.

Auch Frau Wemminger grinst. Seit ich mich erinnern kann, arbeitet sie hier in diesem Haushalt. Sie ist bestimmt schon 60 Jahre alt, aber sie wuselt immer in diesem Haus herum und erledigt jede Aufgabe mit so viel Elan, für den ich sie bewundere. Sie steckt so viel Energie in die Arbeit hier und ist immer so freundlich und nett. Wenn ich mal in ihrem Alter bin, möchte ich auch noch so viel Kraft haben, dass ich gut gelaunt zur Arbeit gehe und auch wieder hinaus. Meine Eltern sind in diesem Fall keine Vorbilder für mich. Papa ist selbstständig und betreibt eine Autowerkstatt und Mama arbeitet als Sekretärin bei einem Anwalt. Doch gute Laune haben die beiden nie, wenn sie spätabends endlich nach Hause kommen. Meistens machen sie noch Überstunden und bis sie sich wieder „normalisiert" haben, gehe ich ihnen aus dem Weg.

Frau Wemminger ist das totale Gegenteil. Außerdem ist sie für Mira eine Art Ersatzoma und eine wichtige Bezugsperson. Nun verschwindet sie wieder im Haus.

Jetzt sind wir endlich alleine und ich muss Mira unbedingt etwas erzählen, weil ich diese Geschichte schon fast vier Monate für mich behalten musste. Na ja, ich hätte es ihr durchaus schreiben können, doch ich wollte unbedingt ihr Gesicht dabei sehen, sodass ich bis heute gewartet habe.

Außer Mira weiß niemand so viel über mich. Wir erzählen uns wirklich alles bis ins letzte Detail. Die ersten Monate ohne sie waren richtig mühsam für mich, weil ich mich niemandem so vertraut fühle. Ein, zwei Mal haben wir telefoniert, aber das ist nicht dasselbe gewesen. Der Grund, warum wir nur so wenig telefoniert haben, war, dass es einfach so unschön war, die Stimme zu hören, die so nahe klang und von der man aber wusste, dass sie Tausende Kilometer entfernt ist. So wurde das Auflegen nur zur größten Qual.

Ich schaue Mira ins Gesicht und sehe sie abwesend lächeln. Als wir uns vorhin sahen, war ich der Meinung, dass sie Tränen in den Augen hatte. Das ist wirklich ungewöhnlich, weil Mira das letzte Mädchen ist, das man weinen sieht. Ich habe sie erst zweimal weinen sehen. Das erste Mal bei der Beerdigung ihrer Mutter und das zweite war ein glückliches Weinen, als sie die achte Klasse schaffte. Wir dachten alle, sie würde es nicht mehr packen, weil sie ein Vierteljahr lang nicht in die Schule kam, wegen ihrer Mutter.

Miras Mutter war immer eine sehr sportliche und ehrgeizige Frau, doch eines Tages bekam sie plötzlich vom Arzt gesagt: „Ich habe eine schlechte Nachricht für Sie, Frau Lichterfeld, die Testergebnisse sehen nicht gut aus, Sie haben Krebs." Nachdem sie lange gekämpft und nach einigen Wochen keine Kraft mehr hatte, beschloss sie sich selbst das Leben zu nehmen, bevor sie an Krebs starb, und nahm eine enorme Überdosis an Tabletten ein.

Einen Abschiedsbrief hatte sie neben die leere Schachtel gelegt, ein Bild ihrer Familie in der Hand gehalten, als Mira sie an diesem Tag nach der Schule auf dem Sofa liegend sah. Der Vater war zu dieser Zeit mal wieder auf Geschäftsreise. Es war ein riesiger Schock für Mira, denn von diesem Anblick war sie bis heute traumatisiert.

Die Beerdigung war wirklich das Schlimmste, was ich bis jetzt erlebt habe.

Allerdings hatte die Nachricht, die zwei Tage nach der Beerdigung kam, das gleiche Niveau: Miras Mutter hatte eine Fehldiagnose bekommen, das heißt, sie war zwar krank, aber es war kein Krebs.

Für meine Freundin und ihren Vater ist damals eine Welt zusammengebrochen.

Mira besuchte eine Therapie nach der anderen, doch langfristig waren diese nie erfolgreich.

Ihr Vater hat sich immer mehr zurückgezogen und wollte niemanden sehen und hören. Nicht einmal seine Tochter, da sie ihn zu sehr an seine Frau erinnerte. Es war wirklich hart. Mira war daraufhin so gut wie immer bei uns zu Hause und schaffte es nach einiger Zeit, wieder nach vorne zu schauen. Ihr Vater hingegen lenkte sich lieber mit Arbeit ab und reiste mehr als je zuvor. Aber nun hat auch er alles nach drei Jahren mehr oder weniger verarbeitet.

Mira kann mittlerweile wieder ganz normal über ihre Mutter reden. Ich denke, das Jahr in den USA und der Abstand von zu Hause taten ihr gut. Sie sieht wieder richtig glücklich und erholt aus. Aber jetzt möchte ich endlich mehr Informationen bekommen.

„Also komm schon, erzähl, wie es war, und lass mich nicht so lange warten! Wie war das noch mal mit der Familie, in der du warst? Da war irgendwie ein Durcheinander, sodass ich irgendwann nicht mehr genau gewusst habe, wer zusammengehört."

„Ich fang ja schon an: Die Johnsons, also meine Gastfamilie, waren großartig. Ja stimmt, das ist ein bisschen kompliziert, weil sie eine Patchwork-Familie sind. Es gibt zwei Jugendliche in unserem Alter, und zwar sind das Ellen und Matt. Ich war ja auch in Matts Klasse und er hat sich hauptsächlich um mich gekümmert. Jedenfalls ist deren Mutter Maggy verlobt mit Ryan, der ebenfalls zwei Kinder hat, das sind Kate und Tony, die aber schon studieren und nur in den Ferien zu Hause vorbeigeschaut haben." Mira legt los: „Anfangs war das echt komisch, in einer fremden Familie zu wohnen. Ich habe mich einfach fehl am Platz gefühlt. Aber mit der Zeit habe ich mich daran gewöhnt und die englische Sprache war auf einmal so einfach zu verstehen. Als ich drei Monate bei ihnen war, erfuhr Maggy, dass sie schwanger war, und ich war die Erste, der sie das erzählte, weil sie mich von der Schule abholte. Ab da habe ich mich richtig in der Familie aufgenommen gefühlt. Maggy meinte einmal, ein Kind mehr oder weniger wäre jetzt kein großer Unterschied mehr und zudem wäre ich die Pflegeleichteste von allen. Sie waren alle immer so nett zu mir und redeten anfangs langsam, damit ich wirklich alles verstehen konnte, und wiederholten so lange, bis ich wusste, wovon sie sprachen. Am Ende war das aber gar nicht mehr nötig, weil ich jetzt alles beim ersten Mal verstehe."

„Na gut, jetzt habe ich einen besseren Überblick über die Johnsons. Da musst du dir im Englisch-Abi sicherlich keine Sorgen machen. Aber mal zu dem Baby: Ist es schon auf die Welt gekommen?"

„Ja, vor genau einer Woche kam Timothy. Er ist so süß. Und stell dir vor: Ich werde seine Patin! Ich fliege nach dem Abi noch einmal zu ihnen, weil sie eine große Feier veranstalten wollen. Ich freue mich jetzt schon! Das ist übrigens auch deine Überraschung." Sie tat schon die ganze Zeit so geheimnisvoll, dass mich eine Überraschung erwartete.

„Was hat das mit meiner Überraschung zu tun?"

„Du fliegst mit!" Mira ist richtig aufgedreht. „Da lernst du sie alle kennen. Oh Gott, das wird so toll. Das war die ganze Zeit mein Traum, dass ihr euch alle kennenlernt. Du musst sie echt hautnah miterleben, damit du verstehst, wovon ich dir erzähle. Ach ja, das Ticket musst du natürlich nicht bezahlen, das schenkt dir mein Dad."

„Ist das dein Ernst? Wow, das ist ja großartig!", jetzt bin ich wirklich begeistert. Ich darf nach Amerika fliegen! Und obendrein muss ich keinen Cent bezahlen. „Da muss ich mich unbedingt noch mal bei deinem Vater bedanken! Und meinen Eltern muss ich das auch noch erzählen. Hoffentlich erlauben sie mir das!" Aber was hätte ich denn anderes von ihrem Vater erwartet? Er bezahlt ihr alles, wirklich alles. Letztes Jahr wollte Mira eine richtig große Abschiedsparty veranstalten und er schickte ihr aus Tokio 5.000 Euro. Ich müsste wochenlang argumentieren, bis meine Eltern das in Erwägung ziehen würden, ganz abgesehen davon, dass diese Summe bei uns nicht einfach für eine Feier übrig wäre.

Die Party war aber wirklich super. Eine Poolparty der Extraklasse. Mit DJ, einer riesigen Bar aus Eis inklusive Barkeeper und jeder Menge Gäste. Die ganze Villa bebte und drei Wochen später war sie immer noch Gesprächsthema in der Schule.

Aber trotz dieser Verhältnisse, in denen Mira lebt, ist sie überhaupt nicht eingebildet; sie ist die beste Freundin, die man sich vorstellen kann.

Sie beginnt wieder zu reden: „Und wenn wir dann dort sind, muss ich dir unbedingt Jake vorstellen."

„Wer ist Jake?"

„Er ist 18."

„Und weiter? Mensch, erzähl schon und lass es dir nicht aus der Nase ziehen!", dränge ich sie.

„Und er ist wirklich der tollste Typ, den ich jemals gesehen habe."

„Wow. So habe ich dich ja noch nie reden hören. Lief da etwa etwas?"

„Ähm, ja, kann man so sagen, denke ich." Sie zögert einen Moment. „Er ist mein Freund." Mira strahlt jetzt richtig.

„Im Ernst? Was? Woher kennt ihr euch? Oh Gott, erzähl es mir! Wieso hast du mir noch nichts gesagt?!" Ich kann es nicht fassen: Mira hat einen Freund? Das hätte ich mir nicht mal im Traum ausgedacht. Ich hätte wetten können, dass sie zwar wieder einem Jungen den Kopf verdreht hat, der aber nichts für sie war, und ihn dann mit gebrochenem Herzen zurückließ. So etwas gab's schon öfter. Und wir haben vorher noch gewettet, wer eher einen Freund haben wird. Ich muss nur wissen, wann die beiden zusammengekommen sind. Vielleicht habe ich ja noch eine Chance und habe den Triumph auf meiner Seite.

„Es war total witzig. Also als ich vor ein paar Monaten in die Kantine der High-School lief und Ausschau nach ein paar Kursmitgliedern hielt, rannte er aus Versehen in mich hinein. Es war wie in einem Film. Ich hätte ja nie geglaubt, dass es ‚Liebe auf den ersten Blick' gibt. Sein Tablett fiel ihm bei dem Zusammenstoß aus der Hand. Als ich mich bückte, um ihm zu helfen, sein Essen wieder einzusammeln, sah ich ihm in die Augen und es war wie Versteinerung. Aber es ging nicht nur mir so. Ich konnte nicht glauben, was mir da eben passiert war. Ich meine, er ist so ein faszinierender Junge und es war einfach ein totaler Zufall. Kannst du dir das vorstellen? Es war wie in einem Film gemäß Drehbuch. Weißt du noch? Wie ich mich jedes Mal aufgeregt habe, dass es so wohl nie in der Realität passieren wird. Aber an diesem Tag bin ich vom Gegenteil überzeugt worden. Zuerst stotterte er nur etwas, was ich überhaupt nicht verstand, aber dann fragte er, ob ich schon immer auf dieser Schule war, weil er noch nie ein so hübsches Mädchen gesehen hatte. Ich bin zuerst total rot geworden. Ich fragte mich, wieso er überhaupt mit mir sprach und mir ein Kompliment machte. Ich meine, ich habe ihn schon vorher gesehen und beobachtet, wie er war. Aber er könnte jede haben und gerade als er mich sieht, wird er verlegen und stottert? Als er mich dann fragte, ob wir uns einmal treffen wollen, war ich endgültig von ihm angetan. Wir haben uns zweimal getroffen, bis wir dann knutschend in seinem Auto gelandet sind. Und Leni, ich schwöre: Dieser Junge – er ist der Wahnsinn. Sein Charakter fesselt dich richtig und zieht dich total in den Bann. Wenn er beginnt etwas zu erzählen und dir dann so fest in die Augen schaut, dass du, wenn du versuchst diesem Blick standzuhalten, jedes Mal verlierst. Du musst ihn gesehen haben. Das Beste sind echt seine strahlenden eisblauen Augen, mit einer Ausdrucksweise, so als ob sie dich nie anlügen könnten", sie seufzt, denn ohne einzige Pause erzählte Mira diese Geschichte und ihre Augen strahlen mehr als zuvor. Ihr Gesicht ist so rot, als ob Jake gerade erst hier gewesen ist und sie geküsst hätte.

Liebe auf den ersten Blick ist ungefähr so zuverlässig wie eine Diagnose auf den ersten Händedruck.
(George Bernard Shaw)

„Mensch, Mira, so kenn ich dich ja gar nicht mehr! Und du bist sicher, dass es kein Traum war? Ich meine ja nur: du und ein fremder Kerl? Knutschend im Auto mit einem, der dir echt gefällt? Die haben dich dort doch einer Gehirnwäsche unterzogen." Mira hat ein so seliges Lächeln in ihrem Gesicht, dass ich mir nicht sicher bin, ob sie mir zugehört hat oder ob sie gedanklich noch in Amerika bei Jake ist. Aber dann antwortet sie: „Nein, es war wirklich kein Traum. Siehst du?" Sie zeigt mir eine silberne Kette an ihrem Hals. „Und ich habe mich nicht wirklich verändert. Es liegt vielleicht daran, dass ich hier noch nie so verliebt war. In Deutschland hast du diese Seite von mir noch gar nicht kennengelernt. Aber jetzt, da wirst du sie wohl oder übel kennenlernen müssen."

„Stimmt, aber im Moment ist mir diese Mira etwas unheimlich", ich widme mich wieder ihrer Kette, „ist das ein Geschenk von ihm?"

Mira nickt und nimmt ihre Kette ab. „Wow, die war bestimmt teuer!" Ich begutachte das Schmuckstück von allen Seiten. Der Anhänger hat die Form eines Herzens. Ich sehe, dass man es sogar öffnen kann, und finde ein Bild von Mira und einem wirklich süßen Jungen darin. „Das hat er mir zum Abschied geschenkt." Jetzt verschwand ihr Lächeln für einen Moment. „Ah, du wolltest mir auch noch etwas erzählen? Mensch, das hätte ich ja fast vergessen. Und bei dem, was ich dir bis jetzt entlocken konnte, handelt es sich dabei auch um einen Jungen. Habe ich recht?" Jetzt bin ich die, die beginnt, gedanklich abzuschweifen.

„Oh ja ... In einem Jahr hat sich hier echt viel getan. O. k., also dann erzähl ich dir mal was von meinem Glück."

„Komm, sag schon. Wer ist's denn? Kenn ich ihn?"

„Ich denke, du kennst ihn. Also wenn du dich noch an ihn erinnern kannst."

„Leni, leg schon los, wer ist es?"

„O. k., o. k. Also, es geht um Nick. Du weißt schon, wen ich meine, oder?"

„Ja klar, wer weiß nicht, wer das ist? Schulsprecher und jeder kennt seinen Namen. Ein riesiger, großkotziger Idiot eben. Siehst du, ich erinnere mich noch ganz genau an ihn. Denn so jemanden wie den vergisst man nicht, selbst wenn man ein Jahr im Ausland war. Was hast du denn mit dem zu tun?"

„Es fing eigentlich alles damit an, dass er einmal nach dem Unterricht zu mir gekommen ist und mich gefragt hat, ob ich das, was wir in der Stunde besprochen hatten, verstanden habe. Ich war zuerst etwas verwirrt, warum er das wissen wollte, aber gut. Danach fragte er mich, ob ich ihm nicht ein bisschen in der Vorbereitung für die nächste Klausur helfen könnte, weil er ziemlich gut abschneiden musste, um noch Punkte für das Abitur sammeln zu können. Und ich habe mir natürlich nicht viel dabei gedacht und zugesagt. Wir haben uns dann zweimal in der Woche zum Lernen getroffen. Ich habe ihm in Englisch geholfen und er mir in Mathe. Aber natürlich habe ich erst einmal niemandem etwas davon erzählt.

Nick hat es schließlich auch geheim gehalten, denn wer gibt schon zu, seine Freizeit mit einem Mauerblümchen, wie er mich mal genannt hat, zu verbringen, das ihm vorschreibt, was er lernen sollte? Wenn das herauskäme, wäre das für ihn sicher nicht ideal gewesen. Nach drei Wochen gab's dann aber die ersten Erfolgserlebnisse: In Englisch hatte Nick 12 Punkte, also eine gute Zwei. Nachdem alle wichtigen Klausuren geschrieben waren, haben wir uns trotzdem noch regelmäßig getroffen und uns für Kurse vorbereitet, zusammen gelernt, uns gegenseitig abgefragt und uns stundenlang unterhalten.

Mit ihm kann man wirklich gut reden, auch wenn man's nicht glaubt. Und vom Charakter her ist er gar nicht so, wie er sich sonst immer vor allen anderen gibt.

Seine Freunde haben aber natürlich bemerkt, dass er immer besser und besser wurde und nicht mehr um seine Zulassung für's Abi bangen musste. Nachdem sie ihn gefragt haben, wieso er plötzlich so gut war, was er sonst immer ignoriert hat, sagte er einmal, als er eine Klausur mit voller Punktzahl zurückbekommen hat, dass er Unterstützung bekommen hat, aber diese Unterstützung ist tausendmal effektiver als alle anderen davor. Er hat es so laut gesagt, dass ich es gehört habe und darauf erst einmal grinsen musste. Seine Jungs wollten unbedingt wissen, wer denn das ist, weil fast alle in der Gruppe einige Probleme hatten. Nick hat nur gegrinst und das Letzte, was er gesagt hat, bevor er den Raum verlassen hat und seine Freunde stehen gelassen hat, war: ‚Die bekommt ihr nicht, die ist so gut, dass ich die fürs ganze Jahr für mich alleine gebucht habe.'

Bei diesem Gespräch hatte er nicht einmal zu mir herübergeschaut, aber ich habe mich richtig gut gefühlt. Nach dem letzten Satz musste ich noch breiter grinsen und beim Verlassen der Schule hatte ich ein total merkwürdiges, aber schönes Gefühl … Puh, also das war jetzt der erste Teil."

„Oh Gott! Was kommt denn noch alles? Ich muss das doch erst einmal verarbeiten, was du gesagt hast. Klingt ja schon mal sehr interessant. Also weiter geht's. Was ist danach passiert?"

„Ich mache zurzeit ja einen Tanzkurs für den Abiball. Doch leider hatte ich zuerst keinen Tanzpartner … Die sind aber auch alle so klein!", beginne ich nun den zweiten Teil meines riesigen Berichtes.

„Na ja, Leni, du musst doch zugeben, dass man mit über eins achtzig nicht die Kleinste ist, und die meisten Jungs sind nun mal nicht viel größer als du. Also mit Absätzen wäre das ja ein noch größeres Problem!"

„Ja schon, aber ich kann ja auch nichts für meine Größe … Jedenfalls geht die Geschichte ja noch weiter. Es gab nämlich auch nicht genug Jungs im Tanzkurs. Deshalb hat die Leiterin vorgeschlagen, wir bekämen für jeden Jungen, den wir noch in den Tanzkurs bringen, 10 Euro. Nachdem ich sechs Jungs gefragt und darunter nur Absagen bekommen habe, habe ich es ganz allgemein in Facebook geschrieben, in die Gruppe meines Kurses. Ich habe aber nicht wirklich daran geglaubt, dass ein Kommentar von irgendjemandem käme.

Ich wollte mich gerade ausloggen, als mich Nick angeschrieben und gefragt hat, ob ich immer noch nach einem Tanzpartner suche. Zuerst war ich leicht verwirrt. Hätte ja irgendeine Wette oder irgend so eine Sache sein können, bei der sich am nächsten Tag jeder über mich lustig machen würde, weil ich es ernst genommen habe. Ich wollte also herausfinden, ob ich diese Frage ernst nehmen konnte. Als ich mir einen Satz im Kopf vorbereitet habe und angefangen habe, ihn einzutippen, war mein Internet weg. Natürlich immer zu den unpassendsten Momenten. Als ob es genau weiß, dass man es jetzt braucht, und es einen absichtlich hängen lässt. Es ging den ganzen Abend nicht mehr. Am nächsten Tag nach der Schule bin ich dann gerade aus dem Klassenzimmer gelaufen, als mich Herr Schneider noch einmal zu sich gerufen hat. Er wollte noch irgendetwas wegen meines Referats klären und hat mich noch wegen einer Sache auf meinem Handout gefragt. Weil ich gerade bei ihm war, habe ich auch noch nach meinen mündlichen Noten gefragt, und als wir dann endlich fertig waren, war natürlich keiner mehr da, weil die anderen schon zu den Bussen gelaufen sind.

Ich bin gerade aus der Tür gegangen, als plötzlich jemand von hinten aufgetaucht ist.

Es war Nick. Er war ganz allein, was ja ziemlich selten ist, ohne seine Clique. Und er hat 5 Minuten lang auf mich gewartet. Ich dachte zurück an unsere letzte Stunde, ob wir uns für den Tag verabredet haben, konnte mich aber nicht erinnern, dass wir etwas ausgemacht hatten.

Wir haben uns kurz mit einem ‚Hi' begrüßt und sind ein Stück durch die Schule gelaufen.

Ich hatte zwei Fragen im Kopf: *Wieso hatte er auf mich gewartet* und vor allem *was wollte er von mir?*

Als ich wieder einen halbwegs klaren Kopf hatte, habe ich erst einmal losgeplappert, dass mein Internet in dem Moment abgestürzt ist, als ich ihm gerade schreiben wollte ... Er grinste nur vor sich hin, bis er mich nach kurzer Zeit noch einmal dasselbe fragte wie am Tag zuvor in Facebook. Da war ich wirklich überrascht, es war also ernst gemeint! Und natürlich bin ich wieder rot geworden. Als ich noch immer ganz verlegen nach den richtigen Worten gesucht und gezögert habe, hat er sich plötzlich zu mir heruntergebeugt und mich geküsst."

Mira schaut mich ungläubig an. Sie hörte mir während der ganzen Geschichte aufmerksam zu.

„Nick hat dich geküsst? Sicher? Meinen wir wirklich denselben Nick? Wie war's denn? Leni, das ist ja super! Ist die Story überhaupt schon zu Ende?"

„Ne, ist sie noch nicht. Also ... Er hat mich geküsst. Mir kam es wie eine Ewigkeit vor. Es gab nur noch uns beide. Ich war so glücklich. So etwas hatte ich echt schon lange nicht mehr gespürt. Als wir uns wieder voneinander lösten, fragte ich ihn, ob er wirklich mit mir zum Tanzkurs wollte. Als Antwort bekam ich dann nur noch ein Grinsen und einen zweiten Kuss."

„Oh Gott, ist das süß! Das hätte ich ja nie von ihm gedacht. Oh wie goldig!" Mira scheint richtig begeistert zu sein. Ich konnte nur noch grinsen. Heute war wieder alles so, wie es einmal gewesen ist. Mira und ich verstehen uns einfach super. Es ist, als ob wir nie getrennt waren. Es ist einfach so gut, dass sie wieder da ist. Sonst hatten wir eigentlich immer Krisengespräche, weil immer eine von uns in Schwierigkeiten war oder einen Rat der besten Freundin benötigte, aber heute haben wir mal keine Probleme, sodass wir einfach beide glücklich sein können. Und was gibt es Besseres, als verliebt zu sein? Zwei beste Freundinnen, die gemeinsam auf Wolke 7 schweben.

„Leni ..."

„Ja, was ist?"

„Heißt das, ihr seid nun ein Paar?"

„Nein, also nicht wirklich. Ich weiß es ehrlich gesagt gar nicht. Wir treffen uns schon oft und haben uns jetzt ein paarmal geküsst, aber mehr war noch nicht und ich glaube, das will er auch gar nicht."

„Und du? Was willst du?"

„Das weiß ich noch nicht richtig. Wünschen würde ich es mir ja schon irgendwie, aber weißt du, das wäre echt voll anstrengend und so, die ganzen Umstände da drumherum."

„Das verstehe ich nicht, was soll daran anstrengend sein? Ich denke, wenn er sich öfter so verhält, wie du mir erzählt hast, dann hat er schon Gefühle. Ich meine, der Kuss in der Schule hat ihn bestimmt ein bisschen Überwindung gekostet, das würde er nicht einfach so machen ... Und mit dir muss er sich doch auch nicht schämen, der müsste froh sein, wenn ihn jemand wie du als Freund haben will!"

„Na ja, wenn du meinst. Wir werden ja noch sehen, wie er sich verhält und wie es sich entwickelt. Aber jetzt muss ich leider schon nach Hause."

„Ah schade. Mensch, wie die Zeit immer vergeht, wenn man sich etwas zu erzählen hat."

Mira begleitet mich zur Haustür, wir verabschieden uns mit einer festen Umarmung und einem Küsschen auf die Wange und ich laufe wieder gut gelaunt nach Hause. Es tut echt gut, wieder mir jemandem reden zu können, der genau weiß, wie man sich fühlt, und weiß, was man sagen will, auch wenn man noch gar nicht viel erzählt hat.

12. September 2016

> *Nichts in der Welt ist so ansteckend wie*
> *Gelächter und gute Laune.*
> *(Charles Dickens)*

Das ist heute mein Motto. Denn heute kann noch einmal richtig gelacht werden, bevor uns morgen wieder der Schulalltag einholt. Ja genau, heute ist der letzte Ferientag. Die Sommerferien vergehen jedes Jahr schneller. Vor diesem Schuljahr habe ich mich immer am meisten gefürchtet: das Abschlussjahr. Aber vor allem vor dem Abitur. Und die darauffolgende Zeit. Entscheiden, was man nach der Schule macht, wie es die nächsten Jahre werden soll, von zu Hause ausziehen, Freunde zurücklassen. Einfach ein großer Schritt in Richtung Erwachsenwerden.

Ich kann mich noch an meinen ersten Schultag am Gymnasium erinnern. Ich kam mir so klein in diesem riesigen Gebäude vor und hatte Angst, nicht mal alleine die Toilette zu finden. Damals bin ich meinem Bruder auf Schritt und Tritt bis in die Aula gefolgt.

Dann ließ er mich inmitten der wuselnden Schülermasse stehen und meinte, ich solle warten, bis der Direktor seine Rede gehalten hat und mein Name aufgerufen wird. Danach einfach dem Lehrer folgen. Das war der Anfang hier an meiner Schule. Jetzt kenne ich jedes Eck des Gebäudes und bin im Direktorat auch namentlich bekannt. Also nicht, dass ich etwas angestellt habe, aber durch das ein oder andere Amt, das ich übernommen habe, bekam ich schon öfter ein Gespräch mit dem Direktor aufgedrückt. Ich verdränge meine Gedanken schnell wieder. Heute noch nicht an Schule denken. Das muss ich dieses Jahr noch genug. Ich packe meine Badesachen und dann bin ich schon wieder auf dem Weg zu Mira. Es tut so gut, sie wieder in der Nähe zu haben.

Heute sind wir verabredet, um im See schwimmen zu gehen. Es ist zwar schon Anfang September, aber die Sonne strahlt stärker als den ganzen Sommer lang.

Als wir am See ankommen, kaufen wir uns zuerst am Kiosk zwei Limonaden. Ab morgen sind wir zwar in der zwölften Klasse, aber für Orangenlimonade ist man nie zu alt. Zusammen suchen wir uns dann einen halbschattigen Platz, danach laufen wir eine Runde um den See und schauen uns um. Wir entdecken ein paar Leute aus dem Jahrgang und unterhalten uns kurz mit ihnen über den Verlauf ihrer Ferien. Ständig stürmen Leute auf Mira zu, begrüßen sie und fragen, wie es in Amerika gewesen ist. Mittlerweile kann sogar ich schon Teile ihres Textes auswendig, der so ziemlich alles zusammenfasst und den sie dann immer herunterrattert, wenn sie jemand danach fragt. Als wir uns von den Letzten wieder abwenden, macht mich Mira auf Nick aufmerksam. Er sieht uns nicht, aber mein Herz fängt jetzt schon an, verrückt zu spielen. In seinen bunten Badeshorts sieht er einfach besonders gut aus. Auf seinem hellbraunen Oberkörper zeichnen sich schwach seine Muskeln ab. Er trägt eine spiegelnde Sonnenbrille und einzelnen Strähnen seiner nassen Haare hängen in sein Gesicht. Er steht umringt von seinen Freunden und beginnt nun zu lachen. Wenn er das tut, habe ich das Gefühl, mein Herz hüpft gleich aus mir heraus. Er schaut gerade in unsere Richtung, als ich ihn groß angrinse und ihm kurz winke. Ich ärgere mich im nächsten Moment total darüber, da Winken ziemlich uncool wirkt, da bleibt mir der Mund plötzlich offen stehen. Nick lächelte nicht mir zu, sondern einem anderen Mädchen.

Die Unbekannte trägt platinblonde, glatte Haare und hat einen schokobraunen Teint. Strahlend schöne Haut und einen beneidenswerten Körper. Sie könnte problemlos ein Model oder eine Schauspielerin in *Baywatch* sein.

Neid macht sich in mir breit.

Mira und ich schauen uns kurz an. In manchen Situationen gehen uns genau dieselben Gedanken durch den Kopf, was ziemlich gruselig ist. „Wer ist das? Kennst du die?", fragen wir uns gleichzeitig. Wir lachen beide kurz über diesen Zufall, doch dann ist unsere Aufmerksamkeit wieder bei dem Mädchen und Nick. Sie umarmen sich gerade, was mir sofort schlechte Laune einbringt. Ja, Eifersucht ist so eine Sache. Bei anderen hasse ich Eifersucht, doch mich selbst kann ich nicht immer beherrschen. Vor allem bei einem Jungen wie Nick, der mit so vielen Mädchen befreundet ist, ist mir dieses Gefühl schon ab und an begegnet.

„Das ist eh wieder nur ein Mädchen, das ihn heiß findet, aber wahrscheinlich nicht mal seinen ganzen Namen kennt. Es tut mir leid, dir das sagen zu müssen, Süße, aber manchmal muss man in der Liebe verschiedene Kompromisse schließen. Und in deinem Fall musst du mit diesem Anblick leben, wenn du einen Freund hast, dessen Name die ganze Stadt kennt."

„Stimmt, da hast du wohl recht. Aber siehst du ihren Blick? Und er schaut sie genauso an. Das sieht für mich jetzt aber nach mehr aus als reiner Schwärmerei."

Ich sehe Mira zwar nicht direkt ins Gesicht, aber ich weiß, dass sie in diesem Moment die Augen verdreht. So ist das bei uns. Man kennt die Verhaltensweisen und Gewohnheiten der anderen manchmal besser als die eigenen.

Mira hakt sich in meinen Arm ein und lenkt mich in Richtung Picknickdecke. Als wir schließlich sitzen, beginnt sie wieder zu reden: „Ach, du machst dir jetzt aber viel mehr Gedanken, als du bräuchtest. Am Ende hast du dir umsonst Sorgen gemacht und Horrorgeschichten ausgemalt … Ich glaube, ich habe dich zu lange mit Charlotte alleine gelassen. Sie hat ganz schön auf dich abgefärbt."

Charlotte die Dritte in unserem Bunde. Die Freundschaft mit ihr ist eine etwas andere als die mit Mira, aber trotzdem verstehen wir uns super.

Da wir alle nicht weit voneinander entfernt wohnen, kommen wir öfter mal spontan zusammen und verbringen immer so viel Zeit miteinander, wie möglich.

Seit der zweiten Klasse sind wir unzertrennlich.

Trotz dieser Vertrautheit ist die Atmosphäre zu dritt anders als nur mit Mira zusammen.

Das liegt meiner Meinung daran, dass Charlotte einen völlig anderen Charakter hat als Mira und ich und es deshalb manchmal zu Meinungsverschiedenheiten kommt. Außerdem hat sie eine Eigenschaft, die Mira und mich manchmal in den Wahnsinn treibt.

Sobald sich das kleinste Problem anbahnt oder sie eine Vermutung bezüglich was auch immer hat, ist sie am Tiefpunkt angekommen und jammert uns immer die Ohren voll, als ob die Welt untergeht. Da können wir sagen, was wir wollen, und sie trösten; diese Krisenphase ist erst wieder vorbei, wenn das Problem gelöst ist oder sich die Vermutung als falsch herausgestellt hat.

Sie ist zu Beginn der Ferien zwei Wochen mit ihrem Freund nach Kroatien gereist und ließ mich hier alleine zurück. Ich starb zwar fast vor Langeweile, aber ich gönnte ihr den Urlaub mit ihrem Liebsten. Die beiden sind wirklich süß. Und vom Charakter her ergänzen die beiden sich auch wunderbar. Mira und Charlotte haben sich seit ihrer Ankunft in Deutschland noch gar nicht gesehen, fällt mir ein. In meinem Kopf spielt sich gerade die ‚Wiedersehensszene' ab. Obwohl wir schon alt genug sein sollten, rennen wir uns jedes Mal wie kleine Kinder entgegen und erdrücken uns fast.

An Miras Lachanfall erkenne ich sofort, dass sie gerade eben dasselbe Bild im Kopf hatte.

Meine dummen Gedanken an Nick verschwinden langsam wieder, aber trotzdem erwische ich mich dabei, wie ich nach ihm und diesem blonden Mädchen Ausschau halte. Dort, wo sie vor fünf Minuten noch standen, ist nun ein leerer Platz. Das macht mich ein wenig unruhig.

„Ich geh mal eine Runde schwimmen", kündige ich Mira an. Im selben Moment kommen von hinten vier Jungs, die uns nur zu gut bekannt sind. Mira versteht sich total gut mit ihnen und sie verbringen öfter ihre Freizeit gemeinsam. Ich habe nicht so viel mit ihnen zu tun, aber Mira hingegen ist richtig begehrt. Als sie uns schließlich erreichen, wird Mira mit überschwänglichen Umarmungen begrüßt.

Wenn sie eben vorhatte, mit mir ins Wasser zu gehen, ist dieser Gedanke verschwunden.

Sobald die Jungs in der Nähe sind, stehe ich hinten an.

Wieso sie so beliebt bei den Jungs ist, weiß nicht mal sie selbst. Ich denke, es liegt an ihrem Charakter. Sie ist die ideale Figur, die Jungs mit „süß" definieren würden: Immer gut drauf, kichert den ganzen Tag lang und ist offen für alles, was die Jungs in ihrer Freizeit gerne machen wollen. Aber vom Aussehen her ist sie natürlich auch eine glatte 10.

Zurück zu den Jungs: Es gab Zeiten, da waren sie alle vier gleichzeitig in sie verliebt. Daraus wurde ein richtiger Wettkampf und wir beide amüsierten uns nur darüber.

Irgendwie ist mir das ganz recht, dass sie nun einen Freund hat. Auch wenn die Wahrheit für die vier Herzensbrecher hart sein wird, wenn sie erfahren, dass Mira im Moment nicht zu haben ist. Allerdings frage ich mich auch, wie Mira und Jake das Wort „Treue" in ihrer Beziehung definiert haben. Wenn sie sich wirklich lieben, wird keiner von beiden fremdgehen oder in Versuchung geraten, aber andererseits: Wie soll es denn der Partner herausfinden, wenn es doch geschieht? Sie sind doch so weit voneinander entfernt, dass die ganze Beziehung nicht wirklich sicher vor Affären ist. Mal sehen, wie lange das hält. Aber ich kann ja nicht wirklich darüber urteilen, denn ich kenne Jake ja gar nicht. Ich lasse die fünf alleine und verschwinde ins Wasser. Ich brauche jetzt erst einmal klare Luft für einen freien Kopf.

Ich stürze mich in das kalte Nass und schwimme bis in die Mitte des Sees. Hier draußen herrscht eine entspannende Ruhe und ich lasse mich ein wenig im Wasser treiben. Es ist herrlich. Meine Gedanken können sich jetzt endlich beruhigen und mein Kopf steht auf „Standby-Modus".

Ich drehe mich noch einmal um und schaue auf die Wiese. Die ist nun gestopft voll, da wohl fast die ganze Schule hier ist. Die Anzahl der Badegäste hat sich nun sicherlich verdoppelt. Für den letzten Ferientag ist es echt total heiß. Morgen beginnt die Schule wieder und uns alle holt der Alltagstrott wieder ein. Der Sommer wird damit offiziell heute begraben. Ich wende mich wieder ab und lasse ich mich wieder auf dem Wasser treiben.

Plötzlich werde ich von einer Hand nach unten gezogen. Der Schock ist so riesig, dass ich nicht einmal Luft holen kann, bevor ich unter die Wasseroberfläche gezogen werde.

Ich bekomme Panik und versuche mich zu befreien, indem ich nur noch um mich trete, in der Hoffnung, diese unbekannte Hand lässt mich wieder los.

Ich werde weiter in die schwarze Tiefe gerissen. Verdammt, lange halte ich das nicht aus. Das Treten ist nicht erfolgreich. Ich bemühe mich nach oben zu schwimmen, doch die Hand unter mir hat einen sicheren Griff. Wenn ich jetzt aufgebe, dann bin ich echt weg. Wahrscheinlich hat nicht mal jemand mein Verschwinden bemerkt. Ich könnte mir vorstellen, dass Mira immer noch zwischen den Jungs sitzt. Heute Abend wird sie dann anfangen nach mir zu suchen und in drei Tagen werde ich dann als Wasserleiche gefunden.

O. k., diese Vorstellung ist nicht so toll. Also doch noch einmal versuchen, mich zu retten. Wenn das nun nicht klappt, dann überlass ich mich meinem Schicksal.

Ich sammle kurz meine Kraft und trete heftig mit beiden Beinen nach der unbekannten Person.

Meine Taktik zeigt langsam Wirkung: Die Hand löst sich. Die letzte Reserve meines Atems ist aufgebraucht und es ist höchste Zeit, nach oben zu tauchen.

Als ich oben angekommen bin, schnappe ich nach Luft. Dabei jedoch verschlucke ich mich und bekomme einen Hustenanfall. Es waren zwar nur ein paar Sekunden, aber jetzt bin ich richtig geschockt.

Erst jetzt kann ich wieder klare Gedanken fassen und Fragen gehen durch meinen Kopf: Wer war das? Wer zieht mich unters Wasser? Doch die beängstigende Feststellung: Die Person muss noch in meiner Nähe sein!

Ich halte Aussicht nach einer Person in meiner Nähe, doch ich kann niemanden sehen. Ich drehe mich um und suche nach der Gestalt, die mich hinunterzog. Ich erschrecke, als ich dem Auftauchenden direkt in die Augen schaue. Moment, diese Augen kenne ich.

Nein, das ist jetzt nicht wahr. Ein Stein fällt mir vom Herzen. Es sind genau die schokobraunen, runden Augen, die mich zurzeit richtig verrückt machen.

„Nick, bist du blöd? Du hättest mich umbringen können! Wieso hast du das gemacht? Weißt du, dass ich jetzt 'nen Schock fürs Leben habe?"

Er fängt an zu lachen.

„Das ist nicht witzig! Boah, ich hatte echt Angst!"

Er entgegnet mir kein Wort, um sich zu rechtfertigen. Das Einzige, was er tut, ist grinsen, als er näher zu mir schwimmt.

Auf seinen Armen erkenne ich deutlich rote Spuren von meiner Befreiungsaktion.

Er gibt mir einen Kuss auf die Nase und nun muss auch ich grinsen.

Es war zwar nur eine kurze Berührung, aber ein Gefühl wie ein Stromschlag flutet durch mich hindurch.

„Und weißt du, dass du noch süßer bist, wenn du dich aufregst?"

Da bekomme ich noch einmal einen kleinen Kuss, aber diesmal auf den Mund.

Erneuter Stromschlag in meinem Körper. Diesmal aber ein stärkerer, sodass ich für einen kleinen Moment zusammenzucke. Das ist so gemein. Mit einem Kuss kann er steuern, dass ich das alles einfach wieder vergesse und ich ihm verzeihe. Richtige Manipulation ist das.

Jedoch kommt mir im nächsten Moment eine andere Sache in den Kopf: Wieso hat er mich jetzt auf einmal geküsst? Wo doch hier so viele Leute sind, die ihn kennen, und seine ganze Clique muss doch auch in der Nähe sein? Ist das vielleicht ein Scherz oder eine Wette seiner Freunde?

„He, was ist los? Was bedrückt dich? Ich sehe da Misstrauen in deinem Gesicht!" Er schaut mir ganz genau in die Augen, sodass ich eine Gänsehaut bekomme.

Ich stoße einen kleinen Seufzer aus: „Wieso machst du das?"

„Was denn?"

„Warum kommst du hier zu mir und küsst mich? Wo uns alle sehen können und deine Freunde dabei sind? Das hat riesige Auswirkungen! Ist dir das bewusst? Ist das vielleicht eine Wette oder so? Sind deine Leute in der Nähe und beobachten uns, ob ich auf diese Masche reinfalle?"

Nick schaut mich ganz irritiert an: „Quatsch! Mann, mal dir nicht schon wieder solche Gedanken aus. Kannst du nicht einmal schöne Dinge hinnehmen, ohne daran zu zweifeln?"

Na gut, er hat ja recht. Ich muss mal aufhören, so viel zu denken. Ich glaube, Charlotte hat wirklich auf mich abgefärbt.

„Also war das dein eigener Wille?"

„Für wen hältst du mich? Ich küss doch niemanden, wenn ich es nicht will!"

Jetzt finde ich meine Gedanken auch etwas absurd. Trotzdem hat das Ganze eine große Auswirkung auf unser Umfeld. Das ist wie mit einem Stein, den man in einen See wirft: Eine kleine Sache gerät auf die Wasseroberfläche, trifft wie ein Schlag ein und zieht ganz schnell Kreise, die sich mehr und mehr vergrößern. Und wir beide sind nun mal nicht DAS Paar, das man erwartet. DER gut aussehende Schulsprecher und das schüchterne Mauerblümchen oder so ähnlich.

Hoffentlich haben das nicht zu viele mitbekommen, denke ich mir, als wir zusammen zum Ufer schwimmen.

Ich weiß immer noch nicht, was diese Aktion jetzt sollte, aber ich werde es sicherlich noch erfahren.

Kaum sind wir aus dem Wasser, hat uns schon Nicks Clique entdeckt und strebt nun auf uns zu.

Oh Mist, wenn das keinen Ärger gibt.

Nick dreht sich zu mir, seufzt kurz und spricht: „Also ich weiß ja, dass es dich ein bisschen stört, dass wir nicht wirklich zusammen sind. Also nicht offiziell. Und mich stört, dass das zwischen uns steht. Also würdest du mich zu meinen Freunden begleiten, dass ich's offiziell machen kann?"

Was für ein Schock! Das wäre ein großer Schritt und nichts, was ich von ihm erwartet hätte. Er meint es tatsächlich ernst. „O. k., das ist jetzt überraschend. Aber ich fände es echt schön, wenn du das machen würdest." Ich lächle verlegen.

Nick kommt mit seiner rechten Hand suchend zu meiner und unsere Finger verschließen sich.

Wir atmen beide noch einmal durch, bevor wir dann gemeinsam seinen Freunden entgegenlaufen.

Ohne dich wären die Gefühle von heute
nur die leere Hülle der Gefühle von damals.
(Die fabelhafte Welt der Amelie)

Die Gruppe schaut irritiert, als sie uns zusammen sehen.

Ich bezweifle immer noch, dass Nick das wirklich durchziehen wird.

Als wir uns gegenüberstehen, entsteht eine sehr angespannte Atmosphäre.

Nick beginnt zu sprechen, nachdem alle schweigend verlegen in die Luft schauen: „Hi, na alles klar?" Er versucht locker zu wirken, doch ich spüre seine Angespanntheit. Nicht nur dass meine Hand etwas darunter leidet, er sucht immer noch nach den richtigen Worten.
„Ich will euch jemanden vorstellen. Ihr wisst ja, dass ich Nachhilfe bekommen habe. Und zwar von ihr. Na ja, jetzt ist es jedenfalls mehr als nur Nachhilfe und wir sind jetzt eigentlich schon ein paar Wochen zusammen, aber das weiß niemand. Bis jetzt – also Leute, Leni ist meine Freundin." Nick ist erleichtert, nachdem er die letzten Worte ausgesprochen hat.

Die Freunde wissen nicht so wirklich, was sie davon halten sollen. Aber nach einigen Sekunden haben sie ihren ersten Schock verdaut und der Erste unterdrückt ein Lachen. Jedoch wird er gleich von zwei Seiten heftig angerempelt.

Und mit der Reaktion, die danach von der Gruppe kommt, hätte ich nie im Leben gerechnet.

Der Erste kommt auf mich zu, kommt näher und flüstert mir ins Ohr: „Na dann, viel Glück mit dem Chaoten. Ich denke, du hast einen guten Einfluss auf ihn und vielleicht wird er ja auch irgendwann mal ein besserer Mensch." Da grinsen wir alle. Das wäre also geschafft.

„Also dann, geh ich mal zu meinem Platz und schau, was Mira da mit ihren Jungs treibt."

„Alles klar, wann sehen wir uns wieder?"

„Entweder später noch mal oder dann morgen in der Schule, oder? Wir schreiben."

„O. k." Dann zieht er mich an sich und küsst mich auf den Mund.

Ich weiß nicht, ob ich das länger überlebe. Sind diese Stromschläge auf Dauer denn gesund?

Ich nähere mich unserem Platz, als ich schon lautes Gelächter höre. Na, die haben ihren Spaß. Und tatsächlich: Als ich an der Decke ankomme, finde ich Mira inmitten von sechs Jungs wieder.

Ich setze mich an den Rand der überfüllten Decke und angle mir mein Handtuch. Da bemerkt mich Mira erstmals. Auf den ‚*Was war los? Was hast du gemacht?*'-Blick antworte ich mit dem ‚*Lass uns woanders reden*'-Blick.

Mira steht auf und sagt den Jungs, dass sie mal schnell für kleine Mädchen müsse, und zieht mich mit.

Kaum sind wir um die Ecke gebogen, beginnt sie mich zu fragen: „Komm, sag schon, was hast du gemacht? Du grinst über beide Ohren und glühst, als wäre sonst was passiert. Also?"

Ich erzähle ihr die ganze Geschichte in Kurzversion und Mira grinst nur vor sich hin.

„Da hat sich deine Meinung aber schnell geändert!", gibt sie mir als Antwort.

„Was, wieso?"

„Na vorhin hast du gesagt, dass dir eine Beziehung nicht so wichtig ist. Es reicht ja auch, wenn man sich gut versteht und vielleicht auch ein bisschen was geht."

„Ja, dann habe ich meine Meinung eben geändert. Wir werden morgen ja merken, wie bei ihm so eine Beziehung ausschaut."

Als es etwas kühler wird und wir gerade dabei sind, unsere Taschen zu packen, vibriert mein Handy. Eine Nachricht von Nick.
Muss los zum Training, sehen wir uns um 8 noch mal am Steg? Vermiss dich schon :*

Ich antworte ihm sofort.
8 klingt gut, bis dann — ich dich auch :*

Er steht am anderen Ende beim Ausgang zum Park und grinst mich an, während mein Herz schon wieder verrücktspielt.

13. September 2016

Fünf Uhr fünfundvierzig. Erster Schultag im letzten Schuljahr. Auch wenn ich vor Aufregung fast nicht geschlafen habe, fühle ich mich fit wie nie. Am letzten Ferientag kann ich grundsätzlich nicht schlafen, schon in der ersten Klasse nicht. Das gestrige Ereignis mit Nick hat mich dann total senkrecht im Bett sitzen lassen. Tatsächlich freue ich mich heute auf die Schule. Aber Angst habe ich auch. Wer weiß, was heute alles auf mich zukommen wird? Dinge, die ich nicht einschätzen, vermuten und planen kann, mag ich nicht.
    Ich hüpfe aus meinem Bett und ziehe mich schnell um. Als ich am Spiegel stehe, fällt gerade einer meiner Sprüche hinunter, was öfter passiert, da sie alle nur mit einem Klebestreifen festgeheftet wurden. Ich hebe ihn auf und befestige ihn wieder. Dabei lese ich mir den Text durch:

> *Für verträumte Realisten gibt es kaum*
> *eine härtere Konkurrenz als realistische Träumer.*
> *(Karl Heinz Karius)*

Nein, heute möchte ich einmal Realist sein und hoffen, dass das mit Nick nicht nur ein Traum war oder eine Seifenblase, die gleich wieder zerplatzt.
    Gut gelaunt laufe ich zum Schultor, an dem Tessa und Julia wie jeden Morgen auf mich warten. Wir begrüßen uns alle sehr stürmisch, da wir uns vier Wochen nicht mehr gesehen haben. Zusammen vertreiben wir uns das Warten auf Mira, indem wir alle drei von unseren Ferien erzählen. Die Geschichte von Nick und mir lasse ich aus, da in diesem Moment meine beste Freundin um die Ecke biegt.
    „Ahh, hi!", die letzten Schritte beginnt sie fast zu rennen und springt mir in die Arme. Es ist nun dreiviertel acht und

schon wieder hat sie mir ein Lächeln ins Gesicht gezaubert. Ich weiß nicht, wie sie das macht, aber sie hat ein Zaubern in ihrem Lachen, das sie immer ihre ganze Umwelt damit anstecken kann. Nun sind aber erst einmal die anderen beiden an der Reihe, die Mira seit einem Jahr nicht mehr gesehen hat. Sie drücken sich ganz überschwänglich und man sieht ihnen an, wie froh sie sind, einander wieder in reichbarer Nähe zu haben.

Als nun vollständige Gruppe laufen wir gemeinsam in die Aula, in der die Infotafeln aufgestellt sind. Wir finden unsere Kurse, Raumnummern und Lehrer heraus, mal mehr, mal weniger erfreulich.

Vor lauter Aufregung über das Schicksal unseres Abschlusses hätte ich ja fast eine wichtige Person vergessen. Ich habe total Angst, Nick heute zu begegnen. Nein, Angst ist der falsche Begriff, Unsicherheit. Ich bin unsicher darüber, wie ich mich verhalten soll, und vor allem, wie er sich verhält. Hier wird gleich jeder sehen, was los ist. Außerdem ist die Schule der beste Ort, an dem sich Gerüchte und solche Neuigkeiten wie ein Lauffeuer verbreiten können.

Doch bis jetzt habe ich noch nichts von ihm oder seinem Anhang gesehen.

Wir vier gehen wie immer erst einmal auf die Toilette, bevor wir uns auf Klassenzimmersuche begeben. Wir laufen gerade um die Ecke, als ich prompt in eine Person laufe. Na super. Da hat die Schule noch nicht richtig angefangen und ich sitze schon wieder im ersten Fettnäpfchen. Toller Start, Leni!

„Wowowow, nicht so stürmisch!", lautet die Reaktion. Ich schaue nach oben und finde mich direkt in zuckersüßen Augen wieder. Jackpot. Auch noch in den Freund hineingerannt. Zusätzlich vor allen Leuten. Mann, wenn ich will, dass das mit uns beiden eine realistische Chance hat, dann muss ich mich wirklich verbessern. Er hat schließlich einen Ruf zu verlieren.

Oh verdammt, diese Augen sind der reine Wahnsinn. Wie ein Labyrinth, in dem man sich stundenlang aufhält, es gleichzeitig faszinierend und beängstigend findet, bis man sich schließlich darin verliert.

„Oh, hi! Sorry. Mann, dass das aber auch immer mir passieren muss." Ich versuche locker zu klingen.

„Ach, du bist's! Wollte gerade nach dir suchen. Wir haben die erste Stunde gemeinsam", antwortet er verlegen. Meine Mädels machen Andeutungen, weiterzugehen und uns beide miteinander reden zu lassen. Tessa und Julia schauen Mira völlig verwirrt und erstaunt an. Die zwei sind noch total ahnungslos. Als die drei hinter Nick stehen, dreht sich Mira noch einmal um und zeigt mir einen hochgehobenen Daumen. Tolle Aufmunterung. Nick schaut nun über seinen Rücken, weil ich Mira ein fettes Grinsen geschenkt habe, ohne es zu bemerken.

Er gibt mir ganz schnell und flüchtig einen Kuss auf den Mund. Ich lächle ihn an. Besser kann ein Tag gar nicht beginnen.

„Eh, wo wollt ihr hin? Nehmt ihr uns nicht mit?", fragt Nick die drei. Dafür bin ich ihm dankbar. Er wollte anscheinend auch nicht wirklich mit mir zu zweit hier im Gang herumstehen und die peinliche Situation schnell vergessen.

„Auf, macht euch mit!", sagt Tessa und läuft voraus. Als wir dann nebeneinander den Gang entlanglaufen, zucke ich direkt zusammen. Ich schaue kurz auf den Boden und schiele hinüber. Ja wirklich, es ist kein Traum. Seine Finger gleiten in meine Hand, rutschen zwischen meine Finger und umschließen sie dann sanft. So, wie ich es mir immer gewünscht habe, dass jemand einmal meine Hand festhält und der Welt zeigt: „Schaut, Leute, ich schäme mich nicht, mit ihr rumzulaufen. Wir gehören zusammen, und das dürft ihr alle sehen." Nie hätte ich zu träumen gewagt, dass es Nick ist, der diese Rolle übernimmt. Zwar schreit er diesen Satz nun nicht über den Flur, doch das stört mich keineswegs. Ich merke, wie mir diese Händchen-halten-Sache nun wirklich gefällt, und das ist eigentlich überhaupt nicht mein Ding. Wie oft haben Mira und ich uns darüber ausgelassen, wenn wir die Pärchen im Park gesehen haben, und jetzt sind wir selbst davon betroffen.

Wir gehen zusammen ins Klassenzimmer und ich befürchte schon, dass uns jeder anstarrt. Doch merkwürdigerweise nimmt keiner Notiz von uns. An zwei freien Tischen, die nebeneinanderstehen, stellen wir unsere Taschen ab und ich geselle mich zu meinen Mädels, während Nick seine Jungs begrüßen geht.

In der Mittagspause geht das Gerede sowohl hinter meinem Rücken, aber auch in meiner Anwesenheit erst so richtig los. Am Vormittag versuchte ich mich nur auf den Unterricht zu konzentrieren und nicht auf das, was um mich herum geschah. Da aber heute der erste Schultag ist, haben nicht einmal die Lehrer viel mitzuteilen und somit haben alle sehr viel Zeit, sich Gerüchte über Nick und mich auszudenken.

All das nehme ich aber ungewöhnlich gelassen, weil ich merke, dass Nick zu mir steht und die ganze Zeit um mich herum ist. Währenddessen halten mich Mira, Tessa und Julia auf dem Laufenden, was sie von den anderen hören, und sorgen dafür, dass nicht zu absurde Geschichten in Umlauf gebracht werden.

„Also weißt du was? Wir waren gerade auf der Toilette und dort trafen wir Ellen und ihr Gefolge und sie diskutierten natürlich auch über das Topthema heute", beginnt Mira zu berichten.

„Ellen? Das wäre ja das erste Mal, dass sie auch nur einen Gedanken an mich verschwendet. Die wusste bestimmt nicht einmal, dass ich existiere, bis sie erfahren hat, dass ich Nicks Freundin bin", erwidere ich.

„Ja, das ist richtig", stimmt mir Tessa zu. „Sie fragte ihre Freundinnen, ob eine von ihnen ‚dieser Leni' schon einmal begegnet ist. Jedenfalls scheint sie ein bisschen eifersüchtig zu sein, denn als wir aus der Toilette hinausliefen, hörte ich sie sagen: ‚Na, sie muss ja schon etwas Besonderes sein, wenn Nick sich mit ihr einlässt. Er weiß schließlich, welche Mädchen Stil und Qualität haben. Irgendwann wird die Zeit schon noch kommen, dass er mich entdeckt'", imitiert sie Ellens Mimik und Gestik.

„Sie hat sich nicht einen Gedanken darüber gemacht, dass wir ‚diese Leni' vielleicht kennen könnten. Ich glaube, sie hat nicht einmal bemerkt, dass wir auch anwesend waren. So schlau ist die dann doch nicht", fügt Julia hinzu.

Wir begeben uns zu viert in die Mensa, besorgen unser Mittagessen und laufen wieder zurück auf unseren Stammplatz. Auf dem

Weg dorthin bekomme ich ungewöhnlich viel Aufmerksamkeit von Schülern jeder Jahrgangsstufe, so als ob ein Aufkleber auf meiner Stirn stünde „Hallo, seht alle her, ich bin Nicks neue Freundin; fünfminütiges Anstarren heute kostenlos". Allerdings versuche ich den meisten Augenpaaren auszuweichen, weil ich es hasse, im Mittelpunkt zu stehen. Personen wie Ellen sehnen sich danach, so viel Aufmerksamkeit zu bekommen, und wenn sie es erst einmal geschafft haben, dann geht's richtig los. Leute wie sie genießen das, doch ich möchte da am liebsten im Erdboden versinken. Rein theoretisch ist das ja nicht schlimm, allerdings kann ich mit solch einer Situation gar nicht umgehen und bekomme nur ein nervöses Kichern hin, bis mein Kopf dann hochrot angelaufen ist. Und schon war's das mit dem Coolsein.

Meine Freundinnen haben schon verstanden, dass mir diese Sache etwas unangenehm ist, und platzieren sich wie Bodyguards um mich herum. Somit schützen sie mich vor der ein oder anderen peinlichen Begegnung und dafür bin ich ihnen wirklich dankbar. Es ist schon toll, wenn die Freunde einen verstehen, ohne dass man nur einen einzigen Buchstaben aussprechen muss.

Ich beginne über meine köstliche Auswahl herzufallen, als mir jemand von hinten die Augen zuhält. Die Salatgurke hat sich durch den Schreck auf dem Weg in den Magen verkantet und hängt jetzt fest. Ein Hustenanfall kommt über mich und da lösen sich auch die Hände über meinen Augen und klopfen mir auf den Rücken. Als ich mich wieder beruhigt habe, wische ich mir zuerst die Tränen über meinen Augen weg und versuche mich wieder zu orientieren. Gegenüber sitzen Tessa und Julia, die ganz geschockt sind, als wäre ich gerade vor ihren Gesichtern krepiert. Als ich die beiden dann wieder schräg angrinse, breitet sich auch bei ihnen etwas wie Erleichterung aus.

Mira hat ihre Hand auf meinem Rücken liegen: „Alles wieder klar? Mensch, so schlimm ist das Essen doch hier gar nicht, dass du daran ersticken musst."

Nun meldet sich auch die Stimme hinter mir. „Oh Gott, noch fit? Also das muss ich mir merken. Wenn ich dich irgendwann endgültig loshaben will, erschrecke ich dich einfach beim

Salatessen." Auf diesen Satz habe ich keine andere Antwort, als nach hinten zu zwicken. Ich treffe seinen Bauch, der sich nach einem kurzen Zucken sofort anspannt, woraufhin ich die zahlreichen Muskeln spüre. Schlagkräftig sein gehört noch nicht zu meinen Stärken, aber wenn ich das länger mit diesem Jungen aushalten will, lerne ich das sicherlich noch, denn das ist manchmal die einzige Überlebenschance, wenn man den ganzen Tag seine Sprüche abbekommt.

„Mach nur weiter so. Irgendwann geht so ein Angriff schief und dann?"

Nach diesen Worten umarmt er mich fest von hinten und gibt mir einen Kuss auf die Wange.

Jetzt kann ich ihm nicht einmal böse sein. Und dass er hier in der Schule einfach zu mir kommt und mich trotzdem noch mag, nachdem ich ihm fast meine Salatgurke in die Hände gespuckt hätte, sagt schon einiges.

Er setzt sich neben mich und isst mit uns gemeinsam zu Ende. Es ist echt toll, dass er sich so gut mit meinen Freundinnen versteht, denn wenn ich nicht mehr weiß, was ich mit ihm reden soll, weil ich so verlegen bin, dann helfen sie mir aus. Es ist ja eigentlich ungewöhnlich, dass Mädchen der Gesprächsstoff ausgeht, aber bei mir ist das nun mal so. Manchmal sitze ich da, höre anderen zu, aber trage nicht zum Thema bei. Auch wenn ich jemanden kennengelernt habe, wir uns gut unterhalten und dann nur für ein paar Sekunden Schweigen entsteht, sagen die Jungs gleich: „Ist etwas mit dir? Du redest ja gar nichts!" Nur weil ich nicht so bin wie alle anderen, heißt das doch nicht gleich, dass etwas mit mir nicht stimmt. Aber anscheinend finden Jungs quasselnde Mädchen attraktiver, denn ich hatte bis jetzt noch nicht so viel Glück mit Beziehungen.

30. September 2016

Ich komme gerade in die Küche, als mein Handy eine Nachricht erhält. Als ich nachschauen möchte, steht Mama in der Tür und schaut mir über den Rücken. Ich habe ihr noch nichts von meinem Freund erzählt und ich möchte auch, dass es vorerst so bleibt. Denn sobald meine Mama etwas gewittert hat, ist sie wie ein wildes Tier, möchte jedes Detail wissen und zerlegt mich dann mit ganz fies gestellten Fragen. Mama und ich verstehen uns immer ziemlich gut, doch man muss es ja nicht übertreiben. Jeder lebt in seiner eigenen Welt und jeder hat seinen Freiraum und seine Geheimnisse, aber wenn es drauf ankommt, ist man für den anderen da und legt seine Hand für das andere Familienmitglied ins Feuer.

Also stecke ich mein Handy schnell wieder in die Hosentasche und tu so, als hätte ich sie eben erst bemerkt.

„Na, Mama, schon da? Musst du denn heute nicht arbeiten?"

„Nein, ich habe mir die ganze nächste Woche und heute freigenommen – die Kartons werden einfach nicht weniger. Ich war mir nie bewusst, wie viele Dinge wir besitzen, aber wir müssen eindeutig aussortieren. Hast du Hunger? Wie war die Schule?"

Wie ich diese Frage hasse. Wie soll die Schule denn schon gewesen sein? Ich murmle etwas vor mich hin, von wegen die Schule war wie immer und laufe zielstrebig zum Kühlschrank.

Damit hat sich ihre erste Frage auch schon erledigt und sie läuft zurück zu ihren Kartons im Wohnzimmer.

Schnell zücke ich mein Handy und lese die Nachricht. Sie ist von Nick:

„Na du, heute schon was vor? Wie wär's mit Eisessen? :"*

Ich muss grinsen. Und mein Herz beginnt auch schon wieder zu spinnen. Das ist doch echt nicht normal, wenn ich nur den Namen lese, herrscht schon Ausnahmezustand.

Ich tippe schnell eine Antwort: „*Nein, bis jetzt noch nicht. (: In einer halben Stunde am Brunnen? Dann können wir ja schauen, wohin wir wollen? :**"

Ich schnappe mir einen Pudding und löffle ihn schnell aus. Für ein richtiges Essen bleibt nun keine Zeit. Es steht schließlich mein erstes richtiges Date mit ihm als offizielle Freundin an.

Ich renne hinauf in mein Zimmer, schmeiße meine Schultasche auf mein Bett. Für Hausaufgaben findet sich heute Abend oder am Wochenende sicherlich noch ein Augenblick. Zeitdruck macht sich breit. Ich überlege, womit ich beginne. O. k. Mal ganz langsam. Ja, gut gesagt, langsam. Ich renne ins Bad, wasche schnell mein Gesicht, und als ich dann auf dem Weg in den begehbaren Kleiderschrank bin, höre ich mein Handy schon wieder vibrieren. Wehe, er sagt ab! Ich lege eine Vollbremse hin und laufe schnell zu meiner Tasche, in die ich das Handy vorhin hineingeschmissen habe. Dachte ich jedenfalls. Ich kann es nicht finden. Das darf doch jetzt nicht wahr sein. Verdammtes Handy. Immer wenn ich es am dringendsten brauche, ist es weg. Wenn es wenigstens auf Ton und nicht auf Vibration geschaltet wäre. Wenn ich wüsste, dass es unwichtig ist, was in dieser Nachricht steht, wäre das Ganze nur halb so schlimm. Aber vielleicht schreibt er, dass er gar nicht kann oder dass wir uns woanders treffen oder dass er mich abholen kommt. Der letzte Fall wäre sicherlich der schlimmste. Denn wenn er meiner Mutter über den Weg läuft, muss ich die beiden erst einmal bekannt machen. Wahrscheinlich wäre ich noch nicht einmal fertig angezogen. Meine Mutter würde mich dann den ganzen Abend ausfragen, wie lange wir schon zusammen sind, woher wir uns kennen und so weiter. Dann würde ein Familiengespräch zustandekommen, in dem eine Stimmung herrscht, als sei der Krieg ausgebrochen. Vielleicht müsste mein Vater mich dann auf Wunsch meiner Mutter noch einmal aufklären. Klingt vielleicht blöd, aber ich würde nicht so fantasieren, wenn ich nicht wüsste, dass es schon einmal passiert ist.

Solche Familiengespräche können wirklich unangenehm werden und sie hätten wirklich einen Platz auf meiner „*Liste mit* den 10 peinlichsten Situationen in meinem Leben" neben einem Besuch beim Gynäkologen verdient.

Ich bin der Meinung, dass Peilsender in Handys auch mal angebracht wären. So viel Technik in einem kleinen Gerät, da wäre bestimmt auch noch Platz für diese Funktion, denn die hätte wenigstens einen Sinn.

Ich laufe hinunter zum Festnetztelefon, gehe wieder in mein Zimmer und klingle mein Handy an.

Unter meinem Bett werde ich endlich fündig. Ich habe keine Ahnung, wie es dahin gekommen ist, aber Hauptsache ich kann nun lesen, was in der Nachricht steht.

Nein, das darf doch jetzt nicht wahr sein. Jetzt bin ich durchs ganze Haus gerannt, habe nun endlich mein Handy wieder und was steht da? „O. k."

Zwei Buchstaben. Wegen dieser beiden Buchstaben so ein großer Aufwand, nur weil Jungs immer so schreibfaul sind. Besonders SMS-schreibfaul. Da wartet man manchmal stundenlang auf eine Antwort und diese erweist sich meist als ziemlich ernüchternd oder enttäuschend.

Es bleiben nur noch 10 Minuten, um mich fertigzumachen, weil ich ja auch noch die Zeit berechnen muss, in der ich in die Stadt kommen muss. O. k., also zurück zum Klamottenproblem. Das, was ich im Moment trage, kann ich unmöglich anlassen. Also: Kleiderschrank durchforsten, ob etwas Brauchbares zu finden ist.

Nach fünf Minuten habe ich tatsächlich etwas gefunden.

Ein Blick in den Spiegel und ich finde noch zwei Kritikpunkte: die Frisur und das Make-up.

Ein Blick auf die Uhr: noch vier Minuten. Das könnte knapp werden.

Allerdings habe ich es schon öfter geschafft, mich innerhalb von zwei Minuten fertigzumachen. Ich habe nämlich während der Schulzeit immer dieses System: so lange wie möglich im Bett liegen bleiben und dann Gas geben, Klamotten anziehen, währenddessen Frühstück einpacken, danach Zähne putzen und Frisur machen. Für die Haare brauche ich immer am längsten. Jedoch bin ich mittlerweile ein richtiger Meister in meiner Disziplin und bekomme das immer sehr gut hin.

Und auch jetzt gelingt es mir. Alles sitzt und passt. Wenn auch ein wenig unter Stress, aber Hauptsache ich komme rechtzeitig. Ich selbst hasse es immer, wenn ich auf andere warten muss, also muss ich das, was ich von anderen erwarte, ja auch selbst tun.

Es gibt ein Wort, das jedem als praktische Lebensregel dienen könnte: Gegenseitigkeit.

(Konfuzius)

Ich schnappe meine Tasche und komme über einen kleinen Umweg aus dem Haus, um weitere Fragen von Mama zu vermeiden.

Mein Herz pocht mit jedem Meter, den ich unserem Treffpunkt näher komme, mehr und mehr.

Das erste Date. Wir mal nur zu zweit. Nur er und ich, nachdem wir das endlich zwischen uns geklärt haben. Keine Schule, keine Mitschüler, keine Lehrer und keine nervigen Übungsaufgaben für die Nachhilfe. Wir haben uns noch nie bei ihm oder bei mir zu Hause getroffen und auch beim Lernen haben wir ja schon einige Zeit zu zweit verbracht, aber irgendwie fühlt es sich heute anders an. Als ich am Brunnen in der menschenüberfüllten Stadtmitte ankomme, halte ich Ausschau nach Nick, kann ihn jedoch nirgends finden.

Alle zwei Minuten schaue ich auf die Uhr. Nach dem dritten Mal kontrolliere ich noch einmal, ob ich eine SMS erhalten habe.

In diesem Moment sehe ich ihn gerade um die Ecke laufen. Mein Herz beginnt zu rasen. Er sieht echt toll aus mit seiner schwarzen Hose und dem weißen T-Shirt. In der Hand trägt er ganz gelassen eine Sweatshirtjacke. Ich winke ihm, doch er scheint mich noch gar nicht gesehen zu haben. Jetzt lacht er. Bei einem solchen Lächeln lässt sich mein Herz gar nicht kontrollieren und jetzt beginnen auch noch meine Beine zu zittern. An-

scheinend hatten noch mehr Leute die Idee, an diesem sonnigen und milden Septembernachmittag Eis essen zu gehen, da es hier mittlerweile richtig überfüllt ist.
Moment. Er lächelt mich gar nicht an. Er lacht mit jemand anderem. Erst jetzt fällt mir auf, dass er nicht alleine, sondern in Begleitung kommt. Es ist Mira. Nun haben sie mich entdeckt und laufen zielstrebig auf mich zu.
Ich weiß nicht so recht, was ich davon halten soll, dass meine beste Freundin dabei ist. Einerseits ist es ja toll, dass ich Unterstützung habe und die Atmosphäre etwas gelockert wird, aber andererseits sollte das doch unser erstes Treffen zu zweit werden.
Zur Begrüßung gibt Nick mir einen Kuss, Mira umarmt mich schnell und plappert schon wieder los, bevor ich überhaupt etwas fragen kann: „Hi, na du, alles klar? Nick und ich sind uns gerade vorne an der Bank über den Weg gelaufen und ich hatte Langeweile, da hat er mir angeboten, dass ich doch mit euch den Nachmittag verbringen kann. Du hast doch nichts dagegen, oder?"
Was soll man denn anderes antworten? *Doch Mira, mir macht's etwas aus, dass du gerade mein erstes Date zerstört hast. Das erste Treffen mit meinem ersten Freund. Das Treffen, über das du und ich schon so oft fantasiert haben, von dem ich tausendmal geträumt habe. Wer weiß, ob dieses Date nur verschoben wird oder ob es einfach ausfällt. Die Gefühle und die Aufregung werden jedenfalls verschwunden sein. Die Zweisamkeit, die ich mir von Nick und mir heute wünschte, ist damit endgültig zerstört.*
Aber das macht ja nichts, denn du bist ja meine beste Freundin und deshalb nehme ich dir das natürlich nicht übel!?
„Nein, klar habe ich nichts dagegen. Wird bestimmt lustig."
Somit wäre das geklärt, Nick nimmt meine Hand und dann ziehen wir zu dritt los zur nächsten Eisdiele.

Wieso fallen ihr immer so viele Gesprächsthemen ein? Mensch, das ist echt peinlich. Mein Freund und ich lächeln uns gelegentlich an, während Mira uns pausenlos unterhält. Was mich jedoch noch mehr stört, ist, dass Nick Mira immer ewig lang antwortet. Ich werde immer weniger beachtet und bin auch nicht mehr geistig anwesend. Wenn die beiden sich so gut unterhalten, ist das doch toll. Wollte ich nicht immer, dass mein Freund sich mit meinen Freundinnen gut versteht?

„... und was meinst du dazu, Leni?" Prompt werde ich aus meinen Gedanken gerissen: „Äh, was? Sorry, hab grad über etwas nachgedacht", antworte ich nur verlegen und bekräftige meine Entschuldigung mit einem Lächeln. Nick grinst nur zurück: „Mädchen, du solltest mal etwas weniger denken! Das ist ja nicht mehr gesund, deine Tagträumereien und Gedanken. Mira hat gefragt, ob wir nicht am Wochenende zusammen etwas unternehmen wollen? Sie hat sturmfrei und dann könnten wir es uns doch bei ihr gemütlich machen, oder?" Mich würde zu sehr interessieren, wie die beiden denn auf dieses Thema gekommen sind. Aber das ist meine Schuld, dass ich's jetzt nicht weiß, weil ich mal wieder abwesend war.

„Ja, tolle Idee. Wollen wir noch irgendjemandem Bescheid geben oder sollen wir noch etwas organisieren?" In diesem Moment fällt mir ein, dass ich Nick gestern gefragt habe, ob wir am Samstagabend nicht ins Kino wollen, und er zugesagt hatte. Das fällt jetzt wohl auch ins Wasser. Ob er sich noch daran erinnert? Vielleicht fällt es ihm ja auch wieder ein und er sagt bei Mira ab. Sie plant währenddessen jedoch schon schwer: „Eigentlich hatte ich vorhin noch an eine Art Spieleabend zu dritt gedacht, aber wie wäre es denn mit einer großen Feier? Ich hätte mal wieder Lust darauf, es fand in letzter Zeit eindeutig zu wenig statt."

„Ja, das ist echt gut. Ich besorg dann Getränke und jeder der kommt, soll 10 € mitbringen, dass die Kosten gedeckt werden. Ich sag meinen Leuten Bescheid. Wie viele können denn kommen?"

„Na so viele, wie das Haus und der Garten eben reinlassen!", witzelt Mira und fährt fort: „Also mein Dad hat sicher nichts dagegen, ist ja zurzeit in Kuba. Ich ruf unseren DJ an, der ist froh, wenn er mal wieder ein paar Euros verdienen kann, und Catering Service ist auch kein Thema. Alles klar, brauchen wir sonst noch etwas?" Mira ist total in ihrem Element. Wenn sie einmal angefangen hat mit einer Sache, dann ist sie nicht zu stoppen. Eine solche Aktion würde mir niemals in den Sinn kommen. Eine Party mit unbegrenzter Gästeanzahl und allem Drum und Dran. Meine Eltern würden mir die Hölle heiß machen, wenn ich einen Tag, bevor das Ganze stattfinden soll, mit einer Schnapsidee wie dieser ankommen würde. Nun, für Mira scheint das gar kein Problem zu sein. „Nein, ich denke, das wär's fürs Erste. Oh verdammt, schon so spät. Ich muss zum Training", wirft Nick ein. Er wendet sich mir zu, gibt mir einen Kuss und meint: „Wir telefonieren noch mal, oder?" „Ja, ruf einfach an, wenn du wieder zu Hause bist und Zeit hast, o. k.?" Er nickt mir zu, umarmt Mira und sagt: „Also, das geht sicher klar am Samstag? Dann sag ich schon mal meinem Team Bescheid und ihr sagt es auch allen weiter, ja? Es soll eine echt große Party werden, o. k.?" Mira antwortet gleich darauf: „Ja, schon klar, das geht in Ordnung. Natürlich wird's eine große Party. Wir haben zwar morgen keine Schule, dass wir es dort in der Kollegstufe herumerzählen können, aber wenn wir das heute noch in Facebook schreiben, dann kriegen das auch noch viele mit. Das mit der Organisation lass mich nur machen, aber denk dran, dass du Getränke besorgst, o. k.?" Dann wäre also alles geklärt und Nick verabschiedet sich von uns.

„Wow, das wird einfach nur Hammer! Es wird eine Party, von der sie alle noch in ein paar Wochen reden werden."

Ich kann mich nicht so für diese Sache begeistern und überzeugend genug, um so zu klingen, bin ich gerade auch nicht. Normalerweise kann ich's echt gut. Aber jetzt klappt es nicht. Vielleicht gebe ich mir auch nicht genug Mühe, weil ich möchte, dass sie mich danach fragt, ob etwas nicht in Ordnung ist. Jedoch weiß ich nicht, ob ich den Mut hätte, sie darauf anzusprechen, dass sie jetzt gleich zwei Treffen mit mir und Nick zerstört hat. „Ist irgendwas? Du warst die ganze Zeit so ruhig. Geht's dir nicht gut? Glaubst du, deine Eltern erlauben dir nicht, morgen zu kommen? Ich kann das mit ihnen klären, wenn du magst? He, wir bekommen das schon geregelt, was immer es ist." Dass sie schon wieder an die Party denken muss. „Ach, nein. Passt schon. Ich werde erst einmal selbst versuchen, meine Eltern zu überreden. Wenn ich sie nicht überzeugen konnte, dann komm ich auf dein Angebot zurück."

„Alles klar", schon war dieses Thema für sie erledigt und sie erzählt wieder weiter.

„Mensch, Mama, das sieht echt toll aus, was du gekocht hast! Wenn es nur halb so gut schmeckt, wie es ausschaut, dann ist's schon drei Sterne wert. Ist heute irgendetwas Besonderes, weil du dir so viel Mühe gegeben hast? "

„Was liegt dir auf dem Herzen? " Mama und ich decken den Tisch und bereiten das Abendessen vor. Da man tagsüber in dieser Familie nie alle gleichzeitig antrifft und zum Essen erstmals alle erscheinen, ist das immer der einzige, aber auch gut gewählte Zeitpunkt, um zu diskutieren und um Erlaubnis zu fragen.

„Nichts! Ich wollte doch nur mal dein Essen loben, wenn das doch sonst schon keiner tut."

„Leni. Hast du etwas angestellt? Hast du in der Schule Ärger? Musst du Nachsitzen? Irgendetwas Illegales? Bekommen wir Besuch von der Polizei? Einen Anruf vom Direktor? "

„Mann, Mama. Denk doch nicht so was. Glaubst du echt, ich würde etwas anstellen? "

„Man weiß ja nie. Also, was ist dein Anliegen? "

„Mira feiert am Samstag eine große Party und ich wollte fragen, ob ich hindarf."

„Am Samstag, das ist ja schon morgen. Wieso fragst du erst jetzt? Das ist mir etwas kurzfristig."

„Ich weiß es doch auch erst seit heute. Es war total spontan."

„Einfach so eine Party oder gibt's einen Grund? "

„Einfach so. Weil's Spaß macht, weißt du."

„Mhm, und wie lange geht das dann? "

„Bis es fertig ist." Dass sie immer solche unnötigen Fragen stellen muss.

„Heißt das, du schläfst dann bei ihr? "

„Ja, ich denke schon." Ja, Mama, glaub du ruhig, dass wir schlafen werden. Was hat sie für Vorstellungen?

„O. k., du darfst."

„Echt? "

„Ja. – Und wehe, du fragst jetzt noch dreimal, ob ich das ernst meine, dann überleg ich's mir vielleicht doch noch anders." Wow, so leicht konnte ich sie noch nie überreden. Meine Mama sieht immer alles sehr kritisch, was Partys und solche Dinge angeht. Da die meisten Leute in meinem Freundeskreis fast ein Jahr älter sind als ich, denkt sie immer, dass sie mich auf falsche Gedanken bringen und mich in illegale Dinge mit hineinreißen. Was natürlich keineswegs so ist. Aber versuch mal eine Mutter von solchen Gedanken wegzubekommen. Das ist so gut wie unmöglich.

Irgendwie freue ich mich ja schon auf den Abend morgen. Die erste Feier mit meinem Nick. Und eine riesige noch dazu. Ich kann mein Glück kaum fassen, sodass ich am liebsten der ganzen Welt zeigen möchte, wer jetzt mein Freund ist. Es ist nicht so, dass ich mit ihm angeben will, aber ich bin so stolz, dass ich ihn abgekriegt habe.

Gute Laune kommt in mir hoch und ich vergesse ganz meine Gedanken, die ich am Mittag hatte, als ich ein wenig sauer auf Mira war. Mit einem fetten Grinsen setze ich mich an meinen Laptop, logge mich in Facebook ein und schreibe die Nachricht gleich an meine beste Freundin und an meinen Freund.

Keine Antwort. Doch da entdecke ich etwas anderes: Mira hat eine Veranstaltung für die Party erstellt. Hat sie Nick etwa nicht getraut, dass er das organisieren wollte? Sie überlässt nicht gerne anderen die Verantwortung. Nur wenn sie einem wirklich vertraut, lässt sie die Aufgaben von anderen ausführen. Sie ist ein echter Kontrollfreak.

247 eingeladene Personen. Das ist mal eine Zahl. Nicht schlecht. Zusagen bis jetzt sind 89. Unser Haus würde mit dieser Anzahl schon richtig überfüllt sein.

Wenn man schon an den Teufel denkt, meldet sie sich auch schon mit einer SMS: „*Kannst du morgen um 3 kommen und helfen vorzubereiten? Schaff das nicht allein. Wenn es geht, bring Nick mit. Schon gesehen, wie viele kommen? Party war wohl schon lange wieder fällig. Freu mich. Mira.*

PS: du kommst doch, oder? Soll ich mit deiner Mum reden?"

Ich simse schnell zurück: „*Alles geklärt, ich komme. Bin um 3 da. Leni.*"

Nachdem sich auch nach einer halben Stunde keiner der beiden noch mal in Facebook angemeldet hat, gehe ich ins Bett.

Sobald ich meine Augen geschlossen habe, taucht ein Augenpaar vor mir auf. Ich muss grinsen. Nick. Es vergeht kein einziger Tag, an dem ich nicht von ihm träume. Seine Augen. Sein Lächeln. Es ist einfach zum Greifen nahe und kommt mir so realistisch vor, doch ich weiß, dass es nur ein Traum ist. Ob er jetzt auch an mich denkt? Ob er überhaupt so viele Gedanken an mich verschwendet wie ich an ihn?

Doch wenn ich jetzt so viel an ihn denke, dann beginnt mein Herz wieder zu rasen und dann kann ich das mit dem Schlafen vergessen. Das ist aber auch immer so nervig, wenn man eigentlich schlafen will, und man kann es einfach nicht, weil zu viel im Kopf herumschwirrt.

Ich würde gern mal wissen, ob Jungs auch immer so viel an Mädchen denken wie umgekehrt. Ob sie sich auch so viele Gedanken über alles machen? Haben die überhaupt so was wie einen besten Freund, mit dem sie über solche Sachen reden?

Oh Gott, wenn ich Mira nicht hätte, da wäre ich schon längst verzweifelt, glaube ich.

Vielleicht kann ich Nick ja irgendwann mal fragen, wie das so bei denen ist.

01. Oktober 2016

Meine Mama sagt, das Leben ist wie eine Schachtel Pralinen:
Man weiß nie, was man bekommt.
(Forrest Gump)

„Hi, na ihr zwei, fit für heute? Ahh, ich freu mich so, das glaubt ihr gar nicht!", begrüßt uns Mira im Vorgarten.

Wir geben uns schnell ein Küsschen auf die Wange und gehen dann gemeinsam ins Haus. Dort sind die Vorbereitungen schon im vollen Gange. In der riesigen Eingangshalle rennen zahlreiche Angestellte hektisch an uns vorbei. Anscheinend gibt es noch mächtig viel zu tun, denn auch Mira wirkt gestresst, und ohne Zeit mit einer kurzen Unterhaltung zu verschwenden, drückt sie jedem von uns eine Liste in die Hand mit Aufgaben, die wir zu erledigen haben. Leicht überrumpelt und überfordert folgen Nick und ich schnell meiner Freundin, die schon im nächsten Zimmer verschwunden ist. Ich versuche Mira nicht aus den Augen zu verlieren, während sie etliche Angelegenheiten klärt und eine schnelle Tour durchs Haus mit uns macht, um uns zu zeigen, wo die Dinge zu finden sind, die unsere Aufgaben sind. Dabei verschaffe ich mir kurz einen Überblick über das Geschehen in den Räumen, in denen wir vorbeikommen. Im Übergang zum Wohnbereich werden gerade die Tische für den Catering Service aufgestellt und im Essbereich baut auch schon der DJ seine Utensilien auf.

Mira ist richtig aufgedreht und erinnert mich irgendwie an einen Flummi, so wie sie herumhüpft und zappelt.

„Weiß dein Dad eigentlich schon etwas von dem hier?", fragt Nick Mira, nachdem sie uns das Nötigste erklärt und gezeigt hat.

„Nö. Ach, spätestens, wenn er die Rechnungen anschaut, fragt er, wieso an diesem Tag ganz spontan alle Angestellten kommen mussten. Wenn ich nichts rausrücke, dann geht er zu Rosi, weil sie ihn nicht anlügen kann, und dann erfährt er alles. Papa wird schon keinen Aufstand machen, er kommt doch erst wieder in zwei Monaten nach Hause, da hat er das schon wieder vergessen", antwortet sie gelassen.

Nick und ich schauen uns an und ich sehe in seinem Blick, dass er in diesem Moment dasselbe denkt wie ich. Wir würden so gerne Eltern haben, die so locker wie Miras Papa sind. Allerdings hat mir Mira mal erzählt, dass ihr Dad das auch nur duldet, weil er sich schlecht fühlt wegen seines ständigen Fehlens durch die Arbeit und denkt, dass er es damit ausgleichen kann. Ihr Vater möchte nämlich keineswegs, dass sich ihr gutes Verhältnis durch seinen Job verschlechtert.

Nachdem wir eineinhalb Stunden lang die verschiedenen Punkte auf unseren Listen abgearbeitet haben, lassen wir uns erschöpft auf die Couch im Wohnzimmer fallen.

„Wenn ich euch nicht gehabt hätte, dann würde ich noch mindestens bis sechs Uhr vorbereiten. Also echt: Danke, dass ihr mir geholfen habt."

Nick und ich grinsen uns an.

„Klar doch, dafür sind wir doch da", antworte ich. Nick schaut auf sein Handy und erschrickt: „Verdammt. Ich habe total die Zeit vergessen. Vor einer halben Stunde hätte ich mich eigentlich mit meinen Freunden getroffen. Ich muss dann mal los", er nimmt seine Jacke vom Kleiderständer.

„Wartest du noch einen Moment?", frage ich ihn, „dann hol ich mir noch schnell die Bücher aus Miras Zimmer für unsere Klausur nächste Woche und wir können zusammen gehen. Meine Mum wartet bestimmt auch schon."

Nick nickt und Mira hüpft vom Sofa auf, um die Bücher zu holen: „Die hätte ich schon wieder vergessen. Sorry, dass ich sie am Donnerstag eingepackt habe." Schon ist sie die Treppe mit großen Schritten hinaufgegangen und im Obergeschoss verschwunden.

Nick steht hinter mir, umarmt mich und legt sein Kinn auf meinen Kopf. Mit meinem einen Meter achtzig bin ich theoretisch nicht gerade klein, doch gegen die Größe meines Freundes bin ich's doch. Unsere Hände verhaken sich ineinander.

Miras Schritte nähern sich wieder dem Treppenhaus. Sie setzt sich oben auf das Geländer und rutscht ins Erdgeschoss runter. Dabei beginnt sie schon wieder zu plappern: „Also, wann kommt ihr zwei? Leni, machen wir uns zusammen fertig? Schon 'ne Idee für Haare und Make-up? Was ziehen wir an?"

„Ganz ruhig, Mira. Du verschluckst dich ja noch an deinen eigenen Wörtern. Das ist doch nicht so schwer, sich alleine schick zu machen, oder? Ihr sollt schließlich nicht auf eine Modenschau gehen. Außerdem besteht eure Hauptaufgabe nicht mehr darin, Jungs anzumachen. Ihr habt jetzt beide einen Freund. Also dürft ihr nicht zu gut ausschauen. Na ja, aber in einem gewissen Maß

dürft ihr euch schon schön machen, denn die anderen sollen ja auch neidisch auf eure glücklichen Freunde sein. Versteht ihr, was ich meine? Ach ja, ich werde heute wohl auf euch beide ein Auge werfen müssen, da dein Jake ja heute nicht anwesend sein wird. Nicht dass du in Versuchung gerätst, ne?"
Jetzt müssen Mira und ich lachen. Irgendwie ist es ja süß, wie er sich um uns kümmert, aber nun macht er einen beleidigten Eindruck, nachdem wir uns über ihn amüsiert haben.
„O. k., Nick. Jetzt wissen wir Bescheid", antwortet Mira und kneift ihn.

Ich löse mich aus seiner Umarmung, packe die Fachbücher unter meinen Arm und flüstere Mira ins Ohr, als wir uns verabschieden: „Um halb acht bin ich da. Ich bring einfach alles mit, was ich für nötig halte, ja?" Sie nickt mir zu.

Nick schüttelt nur den Kopf und murmelt, während er aus der Tür geht: „Wenn Jungs nur solche Probleme hätten."

Ich winke Mira noch einmal zu und eile Nick hinterher, der schon das Tor erreicht hat.

Hand in Hand schlendern wir gemeinsam die Straßen entlang. Eine leichte Herbstbrise kommt auf.

Dies ist einer dieser Momente.

Ein Moment, der einen gewissen Zauber versprüht.

Ein Moment, in dem man weiß, dass das hier wirklich wahr ist und nicht irgendein Traum.

Ein Moment, in dem man spürt, dass man keinen Fehler begangen hat und wirklich nichts bereuen muss.

Einen Moment, den man einfangen möchte.

Später, in einer Zeit, in der ich diese Momente vermisse, gehe ich dann an eine Schatztruhe, suche ihn mir heraus und schau ihn mir an. Wie einen Film lasse ich ihn so lange noch einmal abspielen, bis ich wieder lächle.

Das wäre echt gar keine schlechte Idee.

Wir sind an der Straße angekommen, wo sich unsere Wege trennen.

„Also, wir sehen uns später, ja?" Die braunen Augen schauen mich glücklich an.

„Ja, auf jeden Fall. Wir müssen uns jetzt aber mal beeilen. Deine Leute warten bestimmt auch schon eine Weile auf dich, oder?"
„Ach, auf die paar Minuten kommt's jetzt auch nicht mehr an. Wir gehen ja dann auch zusammen auf die Feier, da bleibt uns schon noch genug Zeit." Er lächelt mich an und gibt mir einen Kuss auf die Stirn.
Ich stelle mich auf die Zehenspitzen und küsse ihn auf den Mund.
Er drückt mich fest an sich, hebt mich hoch und dreht sich einmal, danach setzt er mich wieder am Boden ab.
„Bis später, Süße."
Mit diesen Worten dreht er sich um und läuft die Straße hinunter.
Ich stehe da wie angewurzelt und kann gar nichts sagen. Jeden Tag frage ich mich, was er an mir findet und wieso er nicht eins von all diesen hübschen Mädels genommen hat. Wieso er mich gewählt hat. Ich weiß es nicht. Einfach unerklärlich. Aber ich bin so glücklich drüber. Sein Umriss wird kleiner und kleiner. Ich stehe noch an der Ecke, bis ich ihn nicht mehr sehen kann.
Erst dann drehe ich mich um und meine Füße können sich in Bewegung setzen. Dieser Junge ist der reinste Bann. Er hat mich irgendwie verzaubert. Und das ist ein Zauber, aus dem ich nie wieder befreit werden möchte.

Es gibt keinen Weg ins Glück. Glücklich sein ist der Weg.
(Buddha)

„Also ich denke, so können wir's lassen. Ich befestige es noch mit ein wenig Haarspray und dann passt's."
Mira sitzt vor der riesigen Schminkkommode, während ich ihr mittlerweile die dritte Frisur mache. Es ist nicht so, dass ihr die anderen nicht gefallen haben – nein, wir machen das immer so: Es werden erst alle Möglichkeiten ausprobiert, dann stimmen wir ab und entscheiden, welche die beste war. Das ist zwar zeit-

aufwendig, aber wir haben jedes Mal unseren Spaß dabei. Nun hänge ich den Spiegel ab, damit Mira ihre Frisur betrachten kann.

„Wow. Ich weiß jetzt nicht, was du dazu meinst, aber ich finde, die ist perfekt für heute Abend, oder?"

„Ja, ich denke, wir können das so lassen."

„Gut, dann ist der Punkt Frisur abgehakt sowie die Kleidung. Also ran an das Make-up." Ein Blick auf die Uhr sagt: halb neun. In einer halben Stunde kommt Nick. Dann ist es sicherlich noch eine Weile still, bis nach und nach die Leute kommen.

Zwanzig Minuten später sind wir tatsächlich fertig mit unseren Vorbereitungen.

Mira ist gerade noch in ihrem begehbaren Kleiderschrank, um das von uns hinterlassene Chaos wieder in Ordnung zu bringen, als es an der Tür klingelt und sie mich bittet, die Tür zu öffnen.

Ich drücke auf den Sensor des Tores, laufe hinunter zur Haustür und mach sie langsam auf. Da sehe ich auch schon wieder das schönste Lächeln und bekomme glatt einen Kuss.

„Na du?", begrüße ich ihn und lächle zurück.

„Na du? Alles klar? Ich habe dich vermisst." Die Kleidung, die er trägt, lässt ihn wieder einmal verdammt gut ausschauen. Sein hellgraues T-Shirt erscheint fast leuchtend bei seiner gebräunten Haut und seine ausgewaschenen Jeans passen obendrauf genau ins Gesamtbild.

„Ich dich doch auch", antworte ich und schmiege mich fest an ihn.

Normalerweise hasse ich es, wenn Pärchen aneinanderhängen, als wären sie mit Sekundenkleber zusammengetan worden. Wenn sie dann nur noch in der „Wir-Form" reden, ist's echt schlimm, aber endgültig hört der Spaß dann auf, wenn das Paar eine Zahnbürste zusammen verwendet. Also bitte, dann ist echt alles verloren.

Als ich noch keinen Freund hatte, habe ich all meinen Freundinnen erklärt, wie wichtig es ist, dass sie selbstständig bleiben und ihr eigenes Leben trotz des Partners weiterleben.

Ich war die, die meinte, man brauche keinen Freund, weil es nur Stress und Streit gibt. Ich war die, die nie heiraten wollte.

Ich war die, die nie Kinder bekommen wollte. Ich bin natürlich noch ziemlich jung, um das endgültig festzulegen und mir darüber Gedanken zu machen und solch wichtige Entscheidungen zu treffen, aber ab und an denkt man eben auch über einige ferne Dinge in unserer Zukunft nach.
Die Zukunft nach dem Abi war jedenfalls schon perfekt geplant. Erst studieren und dann einfach mein eigenes Geld verdienen. Eventuell auch ein bisschen Karriere machen.
Bis er kam. Ich möchte einfach jede Minute mit ihm verbringen, seine Nähe spüren, sein Lächeln sehen, von ihm geküsst werden; ich kann ihm nicht mal böse sein, wenn er sich über mich lustig macht. Wir necken uns ständig, nehmen uns auf den Arm und ich bin mittlerweile richtig gut darin, schlagfertiger zu werden. Ich mag ihn so, wie er ist, und kann mich einfach nicht von ihm trennen.
Es ist, als verbinde uns irgendetwas, was uns nicht mehr loslässt. Und sein Geruch. Er riecht einfach nur gut. Ich könnte ihn anbeißen, wenn ich mir nicht bewusst wäre, dass ich ihn noch länger brauche.

Die Party ist im vollen Gange und das Haus ziemlich überfüllt. Es sind fast alle gekommen, die eingeladen waren.
Ich laufe hinaus in den Garten. Auf der Hollywoodschaukel sitzend betrachte ich die Sterne. Der Himmel ist vollkommen klar, nur über dem Teich ist eine leichte Nebelschicht zu erkennen, was die Atmosphäre irgendwie magisch erscheinen lässt.
Ich atme tief durch. Im Haus steht die Luft. Da ist diese hier ein richtiger Genuss. Die Musik ist komischerweise hier fast gar nicht mehr zu hören. Ich schließe meine Augen und genieße die Stille.
Nach ein paar Minuten der Ruhe beginnt die Schaukel plötzlich sich in Bewegung zu setzen. Ich schrecke hoch und drehe mich um.
„Ich habe dich schon gesucht", Nick lässt sich neben mir nieder und wir stoßen uns gemeinsam von der Erde weg, sodass die Schaukel sich ruckartig bewegt. Hier war's echt so schön, dass ich irgendwie die Zeit vergessen habe.

Ich war wohl eine ganze Weile weg.
„Mir war's drinnen jetzt einfach zu voll, deswegen habe ich mal ein bisschen frische Luft gebraucht", erkläre ich.
„Mhm. Richtig angenehm."
Ich rücke ein Stück an ihn, schließe meine Augen und lege meinen Kopf auf seine Schulter. Er legt seinen Arm um mich. Wir sitzen einfach nur da und ich dreh innerlich schon wieder durch. Ich krieg es nicht unter Kontrolle. Ich meine, es kann doch nicht sein, dass ich nicht einmal neben ihm sitzen kann, ohne dass mein Körper Unmengen an Adrenalin, Dopamin und Ähnlichem ausschüttet.

In diesem Moment höre ich einen Rettungswagen ganz in der Nähe.
Ich schaue Nick erschrocken an.
Er hat es auch gehört und wir setzen uns beide auf. Das Geräusch kommt näher.
Als wir gerade zusammen auf das Haus zulaufen, rennt jemand aufgeregt auf uns zu. Da es schon dunkel ist, erkenne ich die Person erst, als wir an der nächsten Lampe vorbeigehen.
Es ist Tessa. Sie ist ganz aufgeregt: „Leni, Nick, da seid ihr ja. Wir haben euch schon überall gesucht!"
„Was ist los?", fragt mein Freund.
„Mira." Ich löse mich aus Nicks Hand und renne auf das Haus zu. Die beiden rennen mir hinterher.

Ich bahne mir einen Weg durch die Menge ins Wohnzimmer. Die Musik ist aus und alle Augen schauen aufs Sofa.
Endlich stehe ich vor ihr.
Sie liegt dort. Regungslos und blass wie eine weiße Wand. Bewusstlos.
Ich setze mich neben sie auf den Boden: „Mira, Mira, komm, sag schon was!" Jetzt schreie ich richtig: „Was schaut ihr alle so? Wir müssen doch irgendwas machen! Was ist mit ihr?"
Tessa setzt sich neben mich: „Eh, Leni. Wir haben schon alles gemacht, was wir konnten. Der Rettungswagen ist doch schon

da. Julia bringt die Sanitäter gleich rein. Mehr können wir nicht machen. Und du auch nicht. Komm mit."

Ich sitze immer noch da. Ich kann doch jetzt nicht weg. Ich weiß ja nicht mal, was mit ihr ist. Ich kann sie jetzt doch nicht allein lassen. Nick zieht mich am Arm, sodass ich endlich aufstehe.

Julia klärt mich auf: „Wir saßen hier auf dem Sofa und haben uns ganz normal unterhalten. Dann hat sie gemeint, dass ihr schlecht ist. Tessa und ich sind mit ihr raus vor die Tür. Sie hat sich übergeben und dann, als sie gesagt hat, dass es wieder besser ist, ist sie plötzlich umgekippt. Wir haben sie zusammen mit ein paar Jungs rein auf das Sofa getragen. Sie ist einfach nicht mehr aufgewacht, dann haben wir den Rettungsdienst angerufen."

Mir wird ganz schwindelig. Um mich herum dreht sich alles.

„Alles in Ordnung mit dir?", fragt mich Nick.

„Ja, ist gerade ein bisschen viel. Hoffentlich geht's ihr bald besser und das ist nichts Ernstes."

Ich setze mich aufs Sofa.

„Nein, ich denke nicht. Vielleicht nur ein kleines Kreislaufproblem. Oder sie hat vor lauter Stress vergessen zu essen", sagt er beruhigend und setzt sich neben mich, „oder sie hat zu viel getrunken."

Ich schaue ihn entsetzt an. Mira doch nicht. Mira trinkt nichts. Zumindest tat sie das, bis sie nach Amerika ist.

02. Oktober 2016

Sie atmet ganz still und gleichmäßig. Blass ist sie aber immer noch. Schaut aus wie eine Leiche. Vielleicht liegt das aber auch an diesem weißen Hemd, das ihr angezogen wurde.

Ich kann nicht glauben, dass sie eine Alkoholvergiftung hat. Nicht Mira. Das ist nicht meine Mira. Erstaunt schaue ich auf meine Armbanduhr. Es ist schon halb drei.

„Leni? Was machst du hier?"

Verwirrt wache ich auf und sehe mich um. Ich halte Miras Hand. Sie sitzt aufrecht im Bett und scheint noch auf viele andere Fragen Antworten zu erwarten.

Mein Nacken ist ganz steif, weil ich auf diesem ungemütlichen Stuhl eingeschlafen bin.

„Na, Mira, alles klar bei dir?"

„Ja, einigermaßen. Hast du mal einen Schluck Wasser? Mein Hals ist total trocken."

Ich öffne die Flasche und schenke ihr Glas ein.

„Danke. Ach ja. Wenn du mir schon nicht beantwortest, was du hier machst, möchte ich wenigstens wissen, was ich hier mache!"

„Wie viel weißt du denn noch?"

„Also, gestern war die Feier bei mir zu Hause." Sie schaut mich fragend an. Ich nicke nur als Bestätigung.

Sie fährt fort: „Die Party ist ganz gut gelaufen. Dann kamen irgendwann noch die Leute aus der Elften und dann … Leni, mehr weiß ich wirklich nicht." Sie schaut mich panisch an.

„He, ganz ruhig. Das braucht seine Zeit. Wenn du versuchst dich daran zu erinnern, dann funktioniert das bestimmt nicht."

„Ich kann's nicht glauben. Ich habe einen Filmriss. Ich wollte ja schon mal wissen, wie das ist, wenn man sich wirklich nicht an eine Sache erinnern kann, aber doch nicht so. Ich dachte immer, die Leute, die meinen, sie können sich wirklich an nichts erinnern, tun nur so, um eine gute Geschichte erzählen zu können, aber es ist wirklich so, als wäre an dieser Stelle nur ein schwarzer, leerer Platz in meinem Gedächtnis … Na ja, jedenfalls habe ich dich dann nur noch ein-, zweimal gesehen … und mehr weiß ich nicht."

„Das kommt schon wieder. Du sollst jedenfalls ganz viel schlafen und Wasser trinken. Ich weiß zwar nicht, wie du das geschafft hast, aber du hast eine Alkoholvergiftung. Die haben dir den Magen auspumpen müssen!", ich versteh immer noch nicht, warum sie so viel getrunken hat.

„Oha. Ja, wie gesagt, ich kann dir auch nicht mehr erzählen, was passiert ist. Ich weiß jedenfalls, dass mir noch ziemlich schlecht ist und dass ich total müde bin", sie trinkt ihr Glas Wasser mit einem Zug leer.

„Wenn's dir nichts ausmacht, würde ich auch erst mal nach Hause fahren und dann später noch mal kommen? Ich schau auch mal bei dir zu Hause vorbei, um zu sehen, ob das Haus noch steht und ganz ist, o. k.?"

Mira nickt nur und dreht sich um.

Ich nehme meine Jacke vom Stuhl und gehe müde aus dem Zimmer hinaus. Die Uhr zeigt zehn Minuten nach vier. Nach Hause kann ich jetzt noch nicht, weil meine Eltern dann bemerken würden, dass etwas nicht stimmt, und ich weiß nicht, ob ich ihnen erzählen möchte, was vorgefallen ist. Ach, die denken ja sowieso, dass ich bei Mira übernachte, dann geh ich doch gleich zu ihr nach Hause. Vielleicht sind Tessa, Julia oder Nick noch dort. Nachdem wir die Party nicht einfach beenden wollten, haben die drei versprochen, bis zum Schluss zu bleiben und zu schauen, dass nichts passiert.

In diesem Moment klingelt mein Handy. Es ist Nick.

„Hallo!"

„Hi, Süße, wo bist du?"

„Im Krankenhaus. Bin gerade auf dem Weg nach draußen. Wieso?"

„Ich hol dich ab, o. k.?"

„Quatsch, musst du nicht. Wo bist du? Ist die Party vorbei? Ich wollte jetzt sowieso bei Mira zu Hause schlafen, weil ich nicht nach Hause kann."

„Doch, wir treffen uns in fünf Minuten am Eingang."

Fertig ist das Gespräch. Er hat einfach aufgelegt. Ich bin irgendwie verwirrt. Hat er etwa getrunken? Er war ziemlich merkwürdig. Aber es ist schon angenehm, dass ich jetzt nicht allein im Dunkeln nach Hause laufen muss.

Ich gehe gerade hinaus, da sehe ich ihn schon unter der überdachten Bushaltestelle sitzen. Erst jetzt fällt mir auf, dass es richtig stark regnet. Ich laufe schneller, in der Hoffnung, nicht allzu nass zu werden, aber der Regen kommt von allen Seiten und hat mich völlig durchnässt, bis ich die Bushaltestelle erreiche. Er hat mich auch bemerkt und grinst mich schräg an. Als ich näher komme, schrecke ich zusammen.

„Ach du Scheiße, was ist mit dir passiert?" Er hat ein blaues Auge und Schürfwunden im Gesicht und an den Armen. „Ist halb so schlimm, wie es ausschaut. Es gab eine kleine Schlägerei. Ich wollte ja nur dazwischen, damit sie aufhören. Stattdessen habe ich dann den Rest abbekommen. Jedenfalls haben wir dann die Party für beendet erklärt. Und dann haben Julia, Tessa und ich angefangen aufzuräumen. Das schaut aus, als wäre eine Bombe eingeschlagen. Wenn Mira wüsste, wie viel Arbeit das Aufräumen macht, würde sie weniger feiern. Aber dummerweise muss sie das selbst nie machen. Na ja, die beiden haben mich dann hierhergeschickt, weil meine Kratzer nicht besonders gut ausgeschaut haben. Und dann dachte ich mir, da kann ich doch gleich mal meine Freundin mitnehmen, falls die auch noch da ist. – Wie geht's Mira eigentlich?"

„Oh Gott, das hört sich nicht gut an", zumindest erklärt das den Anruf von eben, „Mira hat eine Alkoholvergiftung. Ich habe gesagt, ich besuche sie später noch mal. Sie muss jetzt erst mal schlafen, Wasser trinken und dann wird das wieder, zumindest haben das die Ärzte gesagt."

„Oha, eine Alkoholvergiftung? Wollen wir sie später zusammen besuchen? Ich bin nur richtig müde und du schaust auch nicht mehr fit aus. Sag mal, kann ich vielleicht auch bei Mira schlafen? Meine Eltern stehen schon wieder auf, bis ich dort ankomme, und ich will nicht, dass die mich so sehen."

„Ja klar. Ich denke, das geht in Ordnung." Wir grinsen uns an und laufen zusammen zu Miras Haus.

Wir ignorieren das Chaos im Haus, denn wir wollen beide nur noch schlafen. Ich gehe auf direktem Weg in das Gästezimmer, in dem ich immer schlafe, wenn ich hier bin. Es ist nur eins von vieren. Ich durfte mir aussuchen, in welchem ich schlafen möchte, als ich einmal für vier Wochen hier gewohnt habe, und entschied mich für dieses, weil es ausschaut wie das Zimmer einer Prinzessin, wie ich es mir früher immer gewünscht habe, mit riesigem Himmelbett und einer Kommode, in der ich sogar schon Klamotten habe, falls ich in einem Notfall wie heute nichts dabeihabe oder noch etwas brauche. Im angrenzenden Bad steht wie immer schon meine Zahnbürste bereit und die Handtücher hängen auch frisch gewaschen an der Wand. Nick folgt mir und schaut für einen Moment so aus, als ob er Angst hätte, sich in diesem Haus zu verlaufen.

Ich weiß auch nicht so recht, ob ich ihm das andere Gästezimmer anbieten soll, oder ihn fragen, ob er hier schlafen möchte.

Als ich aus dem Bad komme, hat sich das jedenfalls erübrigt, denn er liegt schon mit Boxershorts in meinem Bett und schläft.

Ich hätte mir unsere erste gemeinsame Übernachtung etwas anders vorgestellt, aber die heutigen Umstände haben wir uns nicht ausgesucht und deshalb nehmen wir einfach alles, was wir bekommen.

Na super. Aber irgendwie sieht er ja sogar beim Schlafen süß aus.

Ich muss grinsen und krieche neben ihn ins Bett. Nick dreht sich um und zieht die Decke mit sich. Da ich auch nur T-Shirt und kurze Hose anhabe, wird mir nach kurzer Zeit ziemlich kalt und ich versuche die Decke zurückzuerobern. Langsam ziehe ich an ihr, doch sie bewegt sich keinen Zentimeter. Ich seufze und lege mich wieder brav hin. In diesem Moment bekomme ich ein dickes Kissen ins Gesicht geschleudert.

„Hast du echt gedacht, ich schlaf schon?"

Ich antworte darauf nur mit einem Kissen in seinen Bauch. Er springt aus dem Bett und holt sich Vorrat von den zwanzig Kissen, die tagsüber auf dem Bett liegen und vorhin von ihm auf den Boden geschmissen wurden. Jetzt attackiert er mich mit zwei Kissen gleichzeitig. Das bedeutet Krieg.

Wir jagen uns gegenseitig durchs ganze Zimmer und landen dann nach zehn Minuten wieder auf dem Bett. Wir sind völlig außer Atem, weil wir so viel gelacht haben. Er dreht sich zu mir, zieht mich an sich und küsst mich. Wir legen uns wieder hin, um noch ein wenig Schlaf in dieser Nacht abzubekommen.

Kaum ist es wieder ruhiger geworden, zwickt er mich in den Bauch. Ich grinse ihn an. Er küsst mich. Erst ganz kurz und schüchtern und dann immer länger und intensiver.

*Der Kuss ist ein liebenswerter Trick der Natur,
ein Gespräch zu unterbrechen, wenn Worte überflüssig werden.*
(Ingrid Bergman)

Eine halbe Stunde und unzählige Küsse später beschließen wir dann, wirklich zu schlafen. Ich dreh mich zur Seite. Eine merkwürdige Situation das Ganze. Wir haben bisher gesagt, wir heben uns das auf, und wenn es so weit sein sollte, merken wir, wenn der Moment gekommen ist, und jetzt liegt meine beste Freundin im Krankenhaus, während ich das erste Mal mit Nick in ihrem Gästezimmer geschlafen habe. Für einen Moment habe ich ein ziemlich schlechtes Gewissen, was ich nur für eine Freundin bin, aber der Blick zur Seite lässt diese Gedanken schnell wieder verschwinden. Sie muss es ja nicht erfahren.

Als ich fast eingeschlafen bin, zuckt er neben mir zusammen. Meine Hand ist von seiner fest umschlossen und seine Beine liegen quer über meinen. Ich könnte ihn ewig beobachten. Er zuckt im Schlaf zusammen. Wie ich. Jeder, der bis jetzt neben mir geschlafen hat, hat sich darüber beschwert, dass ich im Schlaf immer zucke. Aber er zuckt auch. Das ist wirklich süß.
Ich schmiege mich an ihn und spüre, wie sich sein Brustkorb gleichmäßig auf und ab bewegt.

Die ersten Sonnenstrahlen haben sich durch die Wolken hindurch gekämpft und scheinen ins Zimmer.
Nick liegt schlafend neben mir. Er liegt auf dem Bauch, seine Beine liegen immer noch über meinen und sein Arm auf mir. Ich muss grinsen und beobachte ihn weiter. Das Einzige, was man hört, ist sein gleichmäßiges Atmen. Es ist dasselbe beruhigende Geräusch, mit dem ich eingeschlafen war.
Nach ein paar Minuten, als ich mich aus seinen Fängen befreien will, muss ich feststellen, dass das gar nicht so einfach sein wird, denn ich sehe, dass sich unser Kissenlager auf meiner Seite des Bettes am Boden gesammelt hat und ich keine Chance habe,

über diese Barrikade hinüber zu gelangen. Über die Stirnseiten kann ich auch nicht rauskrabbeln, weil das ja ein Himmelbett ist und die Konstruktion nur zwei Seiten offenlässt.

Da meine Seite zugebaut ist, bleibt mir nur noch ein Weg. Ich muss über Nick klettern. Zuerst lege ich seinen Arm sanft zur Seite. Nachdem ich dann auch meine Beine von seinen befreit habe, beginnt der schwierige Teil dieser Aktion. Ich stelle mich aufs Bett und suche mit einem Fuß einen freien Platz auf dem Bett, damit ich mich abstützen und dann über Nick hinüberspringen kann.

So lautet zumindest der Plan. Ich platziere meinen rechten Fuß neben seinem Bauch und springe hinüber.

Mit meinem linken Knie bleibe ich jedoch hängen.

Im nächsten Moment liege ich auf dem Fußboden. Mein Knie schmerzt. Vorsichtig schaue ich nach oben, um zu sehen, ob ich Nick geweckt habe. Der zuckt einmal zusammen und schläft danach seelenruhig weiter. Ich stehe auf, schleiche aus dem Zimmer und begebe mich auf die Suche nach Rosi.

„Ja, Leni, was machst du denn hier? Mir war nicht bewusst, dass du heute hier übernachtet hast." Rosi steht am Ende des Flurs und schließt die Tür hinter sich, als sie mich entdeckt.

„Tut mir leid, wir sind so spät gekommen, dass ich es vergessen habe, dir zu sagen."

„Wir? Ich dachte, Mira ist noch im Krankenhaus?" Sie schaut mich fragend an.

„Mira ist auch noch im Krankenhaus. Sie kommt morgen Nachmittag erst. Ich habe noch jemanden mitgebracht. Ich hoffe, das war in Ordnung?"

„Ich war total geschockt, als ich es heute Morgen erfahren habe." Rosi flieht immer in ihre eigene Wohnung auf der anderen Seite der Stadt, wenn Mira eine Feier plant, und so hat sie gar nichts von der Aufregung heute Nacht mitbekommen. Normalerweise wohnt sie aber immer in der kleinen Wohnung im Haus, damit sie sofort vor Ort ist, wenn sie gebraucht wird. „Zum Glück ist nichts allzu Schlimmes passiert. Allerdings schaut es unten noch ziemlich durcheinander aus. Ich muss jetzt erst einmal Ordnung

schaffen." Sie läuft schon weiter in Richtung Treppe. „Ihr seid also nur zu zweit? Das ist natürlich o.k. Soll ich euch Frühstück machen oder wollt ihr gleich etwas zu Mittag essen?"
„Ich würde gern noch etwas frühstücken. Allerdings musst du das nicht machen, wir werden schon noch etwas finden, denke ich. Du hast doch noch so viele andere Sachen zu tun."
„Ach Quatsch. Ich mach euch schnell etwas. In einer Viertelstunde ist es fertig, ja?"
„Danke, das ist echt lieb von dir."
Sie lächelt mich noch einmal an und schon ist sie um die Ecke gebogen und verschwunden.
Ich gehe zurück ins Zimmer. Das Bett ist leer. Da höre ich schon das Wasser nebenan laufen.
Ich beschäftige mich solange mit dem Aufräumen des Zimmers. Als ich gerade das Bett gemacht habe, öffnet sich die Tür und ein angenehmer Duft strömt heraus. Mit diesem Duft steht plötzlich Nick hinter mir und gibt mir einen Kuss in den Nacken.
„Na, gut geschlafen?", frage ich ihn, drehe mich um und sehe, dass er nur Jeans trägt und oberkörperfrei ist. Ich grinse ihn an.
„Ja klar. Zwar waren es vielleicht nur zwei, drei Stunden, aber ich fand, dass es doch ganz angenehm war, oder was meinst du?"
„Ja, fand ich auch." Wir grinsen uns an. „Ach ja, Rosi macht für uns Frühstück. Hast du Hunger?"
„Oh ja, ich habe so Hunger! Das ist echt super."
„Du kannst schon mal hinuntergehen, ich springe erst mal schnell unter die Dusche."
„Alles klar, bis gleich." Er gibt mir einen Kuss auf die Stirn und läuft in die Küche.

Ich setze mich Nick gegenüber an den gedeckten Esszimmertisch und grinse ihn an. Rosi steht gerade hinter ihm, schaut auf den oberkörperfreien Nick, schaut wieder zu mir und hebt den Daumen. Sie wusste ja nicht, dass es sich um einen Jungen handelt, den ich hier übernachten ließ. Dass es sich aber um meinen Freund handelt, weiß sie zum Glück noch nicht. Ich

grinse nur zurück: „Danke für das Frühstück, Rosi. Das wäre wirklich nicht nötig gewesen."
Nick stimmt mir nickend zu, während er gerade den Rest seines Brötchens isst.

Eine Stunde später sind alle Spuren der gestrigen Feier beseitigt und das Ergebnis kann sich wirklich sehen lassen. Das Erdgeschoss schaut endlich wieder bewohnbar aus.
Wir beschließen, uns auf den Weg zu Mira ins Krankenhaus zu machen. Als ich gerade die Haustür hinter uns zuziehen will, schnappt die automatische Entriegelung des Hoftores auf, die zwei Hälften fahren auseinander und schieben sich langsam zu den Seiten. Ein schwarzer Mercedes fährt in den Hof hinein. E-Klasse. Ich schaue noch einmal auf das Kennzeichen, um meine Befürchtung zu bestätigen, und schon schiebe ich Nick blitzschnell zurück ins Haus. Nick sieht mich fragend an. Er hat natürlich gesehen, dass ein Auto in den Hof gefahren ist, aber er ist ahnungslos, wem dieses Auto gehört.
„Das ist Miras Papa!" Ich ziehe ihn von der Haustür weg.
„Was macht der denn jetzt schon hier? Das war bestimmt nicht geplant." Nick scheint immer noch nicht kapiert zu haben, wieso ich jetzt so ein Drama darum mache.
„Wir können doch jetzt nicht einfach aus seinem Haus spazieren, ihm erzählen, dass hier heute Nacht eine riesige Party stattgefunden hat, ohne dass er davon etwas wusste, und wir Rosi einfach nach Hause geschickt haben und das Ergebnis ist, dass seine Tochter im Krankenhaus mit einer Alkoholvergiftung liegt, du nach einer Schlägerei sämtliche Schrammen hast und wir auch noch hier zu zweit übernachtet haben!"
Das leuchtet jetzt auch meinem Freund ein: „Und wie sollen wir sonst hier rauskommen?"
„Gute Frage ..." Ich überlege einen Moment, als sich gerade die Dreifachentriegelung der Haustür öffnet. Nick und ich sehen uns erschrocken an und mit demselben Gedanken stürmen wir gerade noch die Treppe hinauf, bevor Dietrich Lichterfeld schon im Eingangsbereich seine Reisetasche abstellt. Wir lauschen von

meinem Gästezimmer mit angelehnter Tür, was unten vor sich geht. Er scheint nicht alleine zu sein, denn erst kurze Zeit später fällt die schwere Tür wieder ins Schloss und es sind Absätze auf dem Parkett zu hören. Die Vermutung bestätigt sich nach einigen Sekunden, als eine weibliche Stimme zu sprechen beginnt: „Bist du dir wirklich sicher, dass das eine gute Idee ist? Ich denke, du solltest sie darauf vorbereiten, bevor du mit der Tür ins Haus fällst. Vielleicht ist das noch zu früh und wir sollten noch ein wenig warten."

„Nein, ich denke, der Moment ist genau richtig. Früher oder später wird sich Mira an den Gedanken gewöhnen müssen, dass das Leben weitergeht. Amerika hat ihr schon ziemlich geholfen, über den Tod ihrer Mutter hinwegzukommen. Sie wird es verstehen." Die Stimmen werden leiser. Sie sind wohl gerade im Wohnzimmer angekommen.

„Wenn du das sagst. Ich hoffe, sie werden es alle verstehen. Oder zumindest akzeptieren."

Nick schaut mich entsetzt an. Ich hatte gerade schon den Eindruck, dass er erschrocken ist, als sich die zweite Stimme zu Wort gemeldet hat, doch jetzt ist er wirklich geschockt. Ich würde ihn ja gerne fragen, was los ist, aber jetzt ist die Chance gekommen, ungesehen aus dem Haus zu gelangen. Ich gebe Nick ein Zeichen und wir schleichen die Treppe hinunter. Ich werfe einen letzten prüfenden Blick in Richtung Wohnzimmer und sehe dort niemanden. Wir öffnen die Tür ganz leise und schließen sie ebenso lautlos.

Danach rennen wir zum Tor und atmen erleichtert auf, als wir auch das unbemerkt geschlossen haben.

„Was war da drinnen gerade so schockierend?" Ich sehe, dass Nick irgendwie verwirrt aussieht.

„Die Frau, die gesprochen hat ..."

„Ja, was ist mit ihr?" Ich verstehe nicht ganz.

„Hast du sie gesehen?", fragt er mich.

„Nein, du etwa?"

„Nein, aber ich glaube, ich kenne sie."

„Wie, du kennst sie, ohne sie gesehen zu haben?"

„Ich war mir zuerst nicht sicher, aber als sie das zweite Mal gesprochen hat, dann schon."

„Ja, und wer ist's?"

„Meine Mutter."

Ich schaue ihn erstaunt an: „Was macht denn deine Mutter bei Miras Papa?"

„Das frage ich mich auch. Du hast doch gehört, was sie beredet haben, oder? Ich glaube, so langsam ergibt das alles einen Sinn." Und ich verstehe immer weniger. Wir schlendern die Straße entlang. Als ich gerade fragen will, was denn alles einen Sinn ergibt, beantwortet Nick das schon, bevor ich überhaupt den Mund geöffnet habe.

„Meine Schwester hat vor ein paar Wochen den Verdacht geschöpft, dass Mama einen Freund hat. Sie soll wohl irgendwie fröhlicher und ausgeglichener gewirkt haben und war abends öfter weg. Es wäre der erste nach ihrer Scheidung, also habe ich nur gemeint, sie soll das unserer Mama doch auch gönnen. Mich hat das Ganze ja eigentlich nicht wirklich interessiert, doch Anna war einfach zu neugierig und berichtete mir regelmäßig, was ihre Recherchen ergaben. Sie hat zwar nicht herausbekommen, wer der Verehrer unserer Mutter ist, hat mir aber erzählt, dass er wohl viel Geld hat, aber dass sie sich die letzten beiden Wochen nicht mehr getroffen haben. Sie dachte, das Ganze sei schon wieder vorbei. Allerdings habe ich letztens, als ich nach dem Training nach Hause gekommen bin, einen schwarzen Mercedes aus der Ausfahrt fahren sehen. Damals habe ich mir nichts dabei gedacht, aber jetzt ergibt das alles einen Sinn. Es hat nur noch dieses Puzzleteil gefehlt: Die haben nicht Schluss gemacht, sondern er war einfach nur auf Geschäftsreise. Und jetzt haben sie überlegt, ob und wie sie es Mira sagen."

Ich schaue Nick überrascht an. Mit einer solchen Neuigkeit habe ich wirklich nicht gerechnet.

„Oha!", ich bin wirklich überrascht und bringe nicht mehr heraus. „Willst du sie darauf ansprechen?"

„Nein. Das ist ihre Sache. Wenn sie denkt, dass das richtig ist, dann wird sie schon ihre Gründe haben."

An seiner Stelle wäre ich total ausgetickt. Aber er ist nach dem ersten Schock wieder total ruhig, was wirklich bewundernswert ist.

„Vielleicht hast du recht." Er nimmt mich in den Arm und wir laufen gemeinsam ins Krankenhaus.

02. November 2016

„Und was genau machst du jetzt, wenn du im Juli fertig mit der Schule bist? Bist du schon bei einer Universität angemeldet?" Wie ich diese Fragen liebe. Das gesamte Esszimmer ist überfüllt mit der Verwandtschaft. Ich habe gerade meinen Teller geleert und lehne mich auf meinem Stuhl zurück.

„Ja, Oma. Meine Bewerbungen an die Universitäten sind vorbereitet, die können aber erst in ein paar Monaten verschickt werden. Und dann muss ich noch ein paar Wochen auf die Antworten warten. "

„Und was genau machst du dann?", jetzt mischt sich auch noch Opa ein.

„An vier Unis wäre es Architektur, an einer anderen läge der Schwerpunkt auf Innendesign. Für diese Studiengänge muss man sich früher bewerben, weil man noch einen Eignungstest machen muss."

Mein Großvater knurrt etwas Unverständliches, da er ja nicht viel davon versteht und es sinnlos ist, ihm das genauer zu erklären.

„Marlon, wie schaut's eigentlich mit dir aus? Was machst du denn zurzeit? Hast du schon einen Plan?" Oma und ihre Fragen.

„Ich orientier mich noch." Das ist eine geschickte Antwort, allerdings sind alle Anwesenden nicht sehr begeistert von dem und deswegen fügt mein Bruder noch hinzu: „Ich arbeite aber auch dreimal in der Woche im Getränkeladen und so verdiene ich schon mal Geld."

Als die übliche Diskussion wieder entfacht, ziehe ich mich in mein Zimmer zurück.

So habe ich mir meinen Geburtstag nicht vorgestellt. Zwar haben mich um Mitternacht meine Mädels überrascht und wir haben ein wenig gefeiert, aber nachdem sie sich alle nach und nach heute Morgen verabschiedet haben, saß ich dann mit meinen siebzehn Jahren um zwölf Uhr in den Ferien nur noch mit meiner siebenjährigen Cousine da, die mich ständig zu einem ihrer Spiele überreden wollte.

Plötzlich ertönt ein Schlag an meiner Balkontür. Ich schaue vorsichtig nach draußen, doch mittlerweile ist es schon so dunkel, dass man sowieso nur mein Zimmer im Glas gespiegelt sieht. Normalerweise hätte ich vermutet, dass ein Vogel gegen die Scheibe geflogen ist, weil das nicht das erste Mal wäre, aber Vögel fliegen im Dunkeln ja eigentlich nicht mehr. Und wieder dasselbe Geräusch. O. k., jetzt weiß ich, was es ist. Ich öffne die Tür und schreie nur nach unten: „Marlon, lass das! Das nervt echt!" Auf dem Boden neben der Tür liegen zwei kleine Steine. Das macht er öfter, um mich zu erschrecken. Ich knalle die Tür genervt zu und schmeiße mich wieder aufs Bett. Was für ein Geburtstag. Ich schalte meine Anlage an und drehe die Musik ganz laut.

Ich bin fast eingenickt, als mein Handy neben mir zu klingeln beginnt und ich verschlafen abnehme: „Mhm?"

„Dadadaadadadaa, dadadaadadadaa, dadadaada dadadaada, dadadaada daada. Ich wünsch dir alles, alles Liebe zum Geburtstag, meine Süße", ertönt es am anderen Ende. Er hat mir die Melodie vorgesummt.

Ich muss plötzlich wieder grinsen. Bis vor einem Moment noch war ich wirklich sauer auf ihn. Er ist zwar direkt am Freitagnachmittag in die Türkei in den Urlaub geflogen, aber trotzdem hätte er sich doch schon früher melden können und nicht erst um zehn Uhr.

„Dankeschön. Das ist echt lieb von dir." Ich kann gar nichts anderes sagen.

„Na, feierst du schön? Du hörst dich müde an. Du hast doch nicht etwa schon geschlafen?"

„Doch, ich habe fast geschlafen. Es ist absolut nichts los hier. Und bei dir? Scheinst ja wohl mächtig viel zu tun zu haben, oder?" Das muss ich jetzt noch loswerden. Mich hat's wirklich enttäuscht, dass er sich noch nicht gemeldet hat.
„Hast du echt gedacht, ich melde mich nicht?" Er ist wirklich nicht dumm. Hat sofort verstanden, worauf ich hinauswollte.
„Ja, mittlerweile schon. Ich dachte schon, du hast mich vergessen." Ich sehe betreten auf den Fußboden.
„Jetzt echt? Nein, ich dachte, du bist heute den ganzen Tag unterwegs und jetzt ist's bei mir auch endlich ruhiger und deswegen habe ich den ganzen Tag schon geplant, dich jetzt anzurufen. Ich würde dich doch niemals vergessen!" Empörung auf der anderen Seite der Leitung.
„Na dann habe ich ja noch mal Glück gehabt. Wie ist's bei dir?"
„Super! Sonnenschein und 28 Grad haben wir tagsüber. Schade, dass du nicht hier bist."
„Oh Mann, hätte ich dich nur nicht gefragt. Das klingt wirklich zu verlockend."
Ich bin wirklich neidisch auf ihn. Er fährt jede Ferien in den Urlaub. Nach einer halben Stunde Telefonat ist es an der Zeit, sich wieder zu verabschieden.
„Also, dann ... Bis Samstag?"
„Ja, bis Samstag."
„Ciao!"
„Leni?"
„Ja?"
„Wie schaut der Mond bei dir gerade aus?"
Ich muss lachen.
„Was?", frage ich ihn ungläubig.
„Wie schaut der Mond bei dir aus?"
„Wie kommst du denn jetzt da drauf?"
„Na ja, ich steh eben gerade draußen. Also sag schon!"
Das ist echt süß. Wir lieben es beide, den Mond zu beobachten. Und wenn wir an zwei verschiedenen Orten sind, fragen wir den anderen immer, wie er dort aussieht, obwohl er überall auf der Welt gleich aussieht, weil es ja abhängig von den Positionen

der Sonne, Erde und Mond ist. Also ist es immer dasselbe unnötige Spiel.

„Moment. Ich muss mal schnell raus. Mein Licht spiegelt zu sehr in der Scheibe." Während ich den Türgriff so drehe, dass ich sie öffnen kann, frage ich ihn: „Wie schaut er denn bei dir aus?" Ich gehe hinaus auf den Balkon. Von rechts weht ein beißender Wind an mir vorbei. Es ist schon ziemlich kalt für Anfang November.

„Also bei mir ist der Himmel richtig klar und ich sehe eine tolle Mondsichel. Sonne strahlt von Südwesten auf den Mond, also abnehmender Mond." So beschreiben wir es uns immer gegenseitig. Ich sehe hinauf in den sternenklaren Himmel.

„Und jetzt sag schon, wie schaut's bei dir aus, Leni?"

„Mondsichel. Sonne von Südwesten. Abnehmender Mond", bestätige ich die Mondphase.

„Alles klar." Wir lachen beide.

„Gute Nacht, Leni."

„Gute Nacht, Nick. Schlaf gut. Und viel Spaß noch im Urlaub. Vergiss mich nicht, o. k.?"

„Danke. Mach ich nicht ... und Leni?"

„Ja?"

„Ich liebe dich."

Die einzigen drei Wörter, die ich noch herausbekomme, sind: „Ich dich auch." Und schon habe ich aufgelegt. War das jetzt blöd? „Ich dich auch. Ich dich auch. Ich dich auch." Ich murmle es ständig vor mich hin. Auf der einen Seite bin ich froh, dass er es gesagt hat, aber ich habe eben nur mit einem „Ich dich auch" geantwortet. Das Wort Liebe habe ich noch nicht in den Mund genommen. Eigentlich bin ich mir schon sicher, dass ich ihn liebe. Und wenn ich das sage, dann heißt das schon was. Denn für mich sind verknallt sein, verliebt sein und jemanden lieben immer noch drei verschiedene Dinge. Das mag spießig sein, aber ich finde, man muss da schon noch einen Unterschied machen.

Im nächsten Moment ärgere ich mich, dass ich nicht „Ich liebe dich auch" gesagt habe.

Oh Mann. Ich mach mir schon wieder Gedanken über Dinge, die mal wieder so was von unnötig sind.

Ich gehe ins Bad, wasche mein Gesicht, schmeiße mich auf mein Bett, schalte meine Anlage aus und kuschle mich in meine Decke.

Eine Liebeserklärung ist wie die Eröffnung beim Schach:
Die Konsequenzen sind unabsehbar.
(Hans Söhnker)

07. November 2016

„Ich liebe dich auch, Leni."
Ich wache auf und schaue mich verschlafen im Zimmer um. Ich habe doch gerade eine Stimme gehört, oder nicht?
Da sitzt doch tatsächlich meine beste Freundin um neun Uhr auf meinem Sofa und lacht mich an.
„Was?", ich bin noch völlig neben der Spur.
„Na ja, ich dachte, ich antworte dir jetzt mal, nachdem du mindestens zwölfmal nacheinander ‚Ich liebe dich' vor dich hin gemurmelt hast. – Guten Morgen erst einmal!"
„Habe ich? Habe ich das wirklich gesagt?"
Sie nickt und ich erzähle ihr vom Gespräch mit Nick.
„Ich glaub es nicht. Deswegen machst du dir jetzt Sorgen?", sie schüttelt den Kopf. „Weil du nicht ‚Ich liebe dich auch', sondern nur ‚Ich dich auch' gesagt hast? Das fällt dem doch nicht mal auf. Ich finde, du solltest dich eher mit dem beschäftigen, was er gesagt hat. Ich meine, das ist gar nicht so leicht, Jungs zu diesen Worten zu bringen."
Wo sie recht hat, hat sie recht.
Ich nicke nur. „Mhm, stimmt wohl. Habe ich dich eigentlich schon gefragt, was du hier machst?"
„Ich wollte eigentlich mit dir frühstücken und dann in die Stadt gehen, wenn du nichts anderes geplant hast."

„Klingt gut. Gib mir eine halbe Stunde und ich bin dabei."
Ich hüpfe aus dem Bett und mache mich auf den Weg ins Bad.
„Zwanzig Minuten! Ich habe Hunger!", schreit sie mir noch hinterher, bevor die Tür hinter mir ins Schloss fällt.

„Nein, das steht dir gar nicht."
„Danke, dass du immer so ehrlich zu mir bist!", ich stapfe wieder zurück in meine überfüllte Umkleide und versuche mich aus diesem Kleid zu befreien. Es ist ein wahrer Kampf, das perfekte Kleid für den Abi-Ball zu finden, und wir waren der Meinung, dass man mit der Suche nach ihm gar nicht früh genug anfangen kann. Eigentlich war das nicht auf unserer Liste gestanden, aber wir sind zufällig an diesem Geschäft vorbeigelaufen, woraufhin wir uns nur mit dem gleichen Gedanken angeschaut haben und schon im nächsten Moment in den Laden gestürmt sind.

Nach zwei Minuten ertönt ihr Lachen in der nächsten Kabine. Nein, es ist kein Lachen mehr. Es ist ein Glucksen und später ein Schluchzen.

„Mira? Ist alles in Ordnung bei dir?"
Sie beruhigt sich langsam wieder: „Jaaa. Oh mein Gott. Oh mein Gott. Das Kleid musst du dir ansehen."
„Bist du fertig angezogen? Dann gehen wir jetzt raus, o. k.?"
Wir sind bei jedem Kleid zusammen aus den beiden Kabinen getreten, um uns gegenseitig zu begutachten.
„Ja, o. k. Bist du bereit?"
„Jaaa."
„Eins, zwei, drei!"
Wir ziehen die Vorhänge der Umkleiden auf.
Jetzt verstehe ich ihre Reaktion von eben. Ich kann mich nicht mehr halten. Ich muss so lachen.

Mira steht vor mir in einem Albtraum von Rosa, Plüsch und bodenlangen Rüschen.

Jedoch ist mein Kleid so eng, dass ich mich schnell wieder beruhige, aus Angst, es könnte reißen.

„Magst du mir erzählen, was du dir dabei gedacht hast, als du das Kleid mit in die Umkleide geschleppt hast?", ich verlange eine Erklärung. Meine beste Freundin wird doch nicht etwa an Geschmacksverirrung leiden?

„Ich weiß es nicht. Ich fand die Blume hier oben an der Schulter so schön", sie grinst verlegen.

Typisch Mira. Sie hat einfach den Blick für das Detail.

„Ist ja egal, ob das Kleid ausschaut, als hätte man dich mit einer schweinchenrosafarbenen Farbbombe getroffen und später gerupft. Hauptsache die Blume auf der Schulter schaut schön aus. Hast schon recht."

„Jetzt sag das mal nicht so ironisch. Ich konnte ja nicht wissen, dass ein Kleid mit einer so schönen Blume so verdammt hässlich aussehen kann."

Ich könnte bei ihrem Anblick einfach nur lachen.

„Tut mir leid. Aber dagegen kommt nicht einmal deine Schönheit an. Es steht dir einfach nicht."

„Danke für diese Ehrlichkeit", sie schaut ein bisschen beleidigt.

„Aber mit deinem Kleid kannst du auch nicht auf die Straße."

„Ich weiß. Wenn ich noch eine Minute länger in dieser Presswurst stecke, kippe ich um."

„Nächste Runde?"

„Nächste Runde."

„Bereit?"

„Bereit."

„Eins, zwei, drei." Sie zählt wieder.

„Wow, dein Kleid schaut total gut aus. Machst du mir noch mal schnell den Reißverschluss hinten zu?", ich habe es schon vergeblich in der Umkleide versucht, aber so gelenkig bin ich dann doch nicht.

„Leni, dein Kleid ist ja mal der Hammer! Das musst du nehmen!"

„Willst du vielleicht erst den Reißverschluss schließen, dann schaut es womöglich besser aus als jetzt." Ich halte mein Kleid noch immer fest, dass es mir nicht hinunterrutscht.

„Ja, warte mal kurz, bei meinem Kleid hat sich etwas eingeklemmt. Ich möchte auch noch schnell die Schuhe dazu anziehen, weil das mit Turnschuhen nicht so gut ausschaut." Sie schaut sich suchend im Geschäft um: „Hallo Sie! Entschuldigung? Könnten Sie den Reißverschluss meiner Freundin schließen? Das wäre total nett. Dankeschön." Sie winkt eine Person hinter mir zu uns, zeigt auf mich und schon ist sie in der Umkleide verschwunden. Was war das bitte für eine Aktion? Ich schaue fragend und verwirrt auf den geschlossenen Vorhang ihrer Kabine.

Ich höre, dass der Reißverschluss geschlossen worden ist.

„Vielen Dank. Das ist total nett von Ihnen!" Ich drehe mich um und weiche erschrocken einen Schritt zurück.

„Das Kleid steht Ihnen sehr gut. Sie sehen bezaubernd aus."

„Herzlichen Dank." Ich muss schon wieder grinsen. „Was machst du hier?"

„Ich habe dich vermisst. Soll ich wieder gehen?"

„Nein, Quatsch! Aber du wolltest doch erst morgen wiederkommen?"

Er nimmt mich in den Arm: „Ich weiß, aber wir sind schon früher zurück. Ich habe einen Anruf von der Hochschule bekommen, bei der ich mich für ein Stipendium beworben habe. Am Wochenende beginnt bereits das Probetraining."

Er küsst mich auf die Stirn.

„Wow, das ist ja toll!" Ich bin wirklich begeistert.

In der Schule war Nick ja sonst nicht überragend. Das Einzige, was er konnte und mochte, war Sport. Wenn er jetzt ein Stipendium bekäme, wäre das echt super.

In diesem Moment tritt Mira aus der Umkleide hervor.

„Du! Du hast das gewusst, nicht wahr?" Ich schaue sie fragend an.

Sie grinst mich an: „Ja, ich habe ihm vorhin Bescheid gegeben, wo er uns finden kann."

Ich muss einfach nur grinsen.

„Leni, das Kleid ... "

„Ja, was ist damit?"

„Du musst es kaufen. Es ist einfach wahnsinnig schön."

Ich betrachte es eine Weile im Spiegel. Es ist wahrhaftig ein Traum. Ein Traum in Mint.

Ich schaue auf den Preis und mir wird schlecht.
Das kann ich niemals bezahlen. Wer kauft denn ein Kleid, um dessen Preis man sicherlich einen Gebrauchtwagen bekommen könnte? Eigentlich brauche ich es doch nur für einen Abend. Das lohnt sich einfach nicht.
Ich ziehe es aus und lasse es wehmütig zurück.
Mira hat sich ihr Kleid zurücklegen lassen.
Als sie mich fragte, warum ich das fabelhafte Kleid nicht kaufen wollte, sagte ich ihr, dass ich mich noch nach anderen umsehen und nicht das Erstbeste kaufen möchte. Dass es des Preises wegen war, erwähnte ich nicht, denn dann hätte sie es mir sicherlich kaufen wollen. Aber das will ich nicht und so verlassen wir zu dritt das Geschäft.
„Wisst ihr, worauf ich jetzt Lust habe?" Ich schaue die beiden fragend an. Die wiederum schauen mich erwartungsvoll an.
Ich warte ihre Antworten gar nicht ab und fahre fort: „Was haltet ihr davon, wenn wir jetzt in einer Bar etwas trinken gehen?"
Jetzt schauen sie mich ungläubig an.
Ein solcher Vorschlag kommt selten aus meinem Mund. Ich bin selbst ein wenig überrascht, aber das ist mir jetzt einfach in den Sinn gekommen.
„Was ist denn mit dir los?" Mira schaut mich schräg an.
„Weiß nicht. Wollt ihr etwa nicht? Ist doch noch ziemlich früh. Die Nacht hat gerade erst angefangen!"
„Nein, nein. Das ist eine gute Idee. Wenn du schon einmal in dieser Laune bist, wollen wir dich doch nicht davon abhalten."

08. November 2016

„Und dann und dann habe ich gesagt, Nein, hat er gesagt, dass ich ihn in Ruhe lassen soll. Dabei habe ich doch gar nichts gemacht!" Ich bin völlig neben der Spur und beginne die alten Geschichten auszupacken.

„Waaas? Was ist das für ein Idiot. Ich habe es dir immer gesagt", Mira schreit mich an, obwohl sie neben mir sitzt.

Da hatten wir wohl den ein oder anderen Drink zu viel.

„O. k., Mädels. Ich glaube, das reicht für heute. Wir machen jetzt Schluss hier", Nick versucht uns unter Kontrolle zu halten.

„Waaas? Du machst Schluss? Aber wieso?" Jetzt verstehe ich gar nichts mehr.

„Nein, Leni. Wir gehen jetzt nach Hause." Er verdreht seine Augen.

„Ach so. Jetzt dachte ich schon ..." Ich bin erleichtert.

Nachdem Mira und ich noch eine halbe Stunde genörgelt haben, hat Nick es endlich geschafft, uns aus der Bar zu ziehen.

Eine weitere halbe Stunde später hat Nick die stolpernde Mira sicher nach Hause verfrachtet, als er mich in den Arm nahm: „Mhm, und was mach ich jetzt mit dir? So kann ich dich unmöglich nach Hause bringen. Deine Eltern werden mich umbringen wollen, bevor sie mich überhaupt kennengelernt haben", er schaut mich wirklich verzweifelt an.

„Weiß nicht. Dann geh ich eben mit zu dir!" Als ich seinen Blick sehe, füge ich noch schnell hinzu: „War ein Scherz, Mann!", und boxe ihn in die Schulter.

„Nein, das ist eine gute Idee. Das wäre jetzt die beste Lösung."

Ich schwanke und verliere plötzlich mein Gleichgewicht. Ich sehe mich schon auf dem Boden liegend, als mich gerade noch zwei Arme auffangen.

„Huch!" Ich lache die schokobraunen Augen an.

„Ja, Leni, der Bordstein war schon vor dir da. Komm mal her."

Ich weiß gar nicht, wie mir geschieht, da hat mich Nick schon über seine Schulter geworfen, als wäre ich federleicht, und trägt mich die letzten hundert Meter zu ihm nach Hause.

Eine Tür wird aufgeknallt und eine laute, fröhliche Stimme erhellt den Raum: „Nick! Aufstehen. Mensch, wann bist du denn wieder nach Hause gekommen? Nick. Auf geht's! Die Liste der zu erledigenden Dinge wird nicht kürzer und die Zeit wird immer knapper, wenn du jetzt noch länger hier rumliegst", die Rollläden werden aufgezogen und ich blinzle ganz vorsichtig in die Richtung, aus der ich die Stimme orte. Ich liege im Bett neben Nick in einer fremden Umgebung, habe Kopfschmerzen und keine Ahnung mehr, was gestern Nacht passiert ist. Ich schaue vorsichtig zu Nick hinüber.

Der hat seine Augen jedoch noch fest verschlossen und bekommt von dem Ganzen hier nichts mit.

Ich verstecke meinen Kopf unter der Bettdecke.

„Oh Gott, entschuldige. Wie bescheuert von mir, hier einfach reinzuplatzen. Es gibt gleich Essen. Ich geh dann mal wieder. Tut mir leid. Ich habe nichts gesehen."

Schon ist die Tür wieder geschlossen. Das war dann wohl Nicks Mutter. Na prima. Die Situation hätte nicht peinlicher sein können.

In diesem Moment bewegt sich der schlafende Stein und gibt komische Geräusche von sich. Ich kneife ihn in die Seite und gebe ihm schnell einen Kuss auf die Nase. Er runzelt seine Stirn und öffnet seine Augen.

„Na du? Gut geschlafen?"

„Deine Mama war gerade da." Ich schaue ihn panisch an, allerdings scheint er davon nicht wirklich überrascht zu sein.

„Was wollte sie denn?"

„Hat was davon gesagt, dass du noch eine lange Liste an zu erledigenden Dingen hast und nicht mehr viel Zeit, und dass das Essen gleich fertig ist."

„Oh ja, das ist gut. Ich habe Hunger." Er schaut auf sein Handy. „Scheiße, schon eins."

„Was? Schon ein Uhr? Mist. Ich muss heim. Das gibt bestimmt Ärger." Panisch schieße ich aus dem Bett.

„Hast du dann vielleicht eine Kopfschmerztablette für mich?"

„Mach mal langsam. Du isst jetzt erst mal was. Ein paar Minuten hin oder her, das ist jetzt eh egal. Und, sag bloß? Du hast Kopfschmerzen? Woher die wohl kommen?" Er stellt sich vor das Bett und streckt sich erst einmal. „Wenn du dich noch ein bisschen gedulden kannst, bekommst du eine. Ich dusch nur schnell und dann gehen wir nach unten, o. k.?"

Ich nicke und lass mich wieder zurück ins Bett fallen.

Nie wieder. Nie wieder. Mein Kopf brummt, als wäre er ein Hubschrauberlandeplatz, mein Mund fühlt sich so trocken an, als hätte ich einen Marsch ohne jegliche Flüssigkeit durch die Sahara hinter mir und müde bin ich, als hätte ich ewig nicht mehr geschlafen.

Nie wieder.

Nachdem ich mir ein wenig Wasser ins Gesicht geschmissen habe, um wacher zu werden, geht es mir schon ein bisschen besser.

„Du …"

„Ja?"

„War ich arg schlimm heute Nacht? Das tut mir total leid. Wird nie wieder vorkommen, ich verspreche es."

„Na ja, nachdem wir Mira nach Hause gebracht haben, dachte ich eigentlich, ich hätte ein Problem weniger, aber du hast genug Unsinn für euch beide geredet. Als wir dann aber hier waren, bist du innerhalb kürzester Zeit eingeschlafen und schon war Ruhe."

Zuerst dachte ich, er sei sauer, aber er grinst, deshalb denke ich, es war nicht ganz so schlimm.

„Oh Mann, das tut mir wirklich leid. Das war nicht der Plan, dass der Abend so endet."

„Das weiß ich doch. Jetzt lass uns nach unten gehen. Mittlerweile steht bestimmt schon das Mittagessen auf dem Tisch."

„Mama? Wo bist du?"

„Ich bin in der Küche."

Nick nimmt meine Hand und zieht mich in den nächsten Raum.

„Mama. Ich will dir jemanden vorstellen: Das ist Leni. Wie ich erzählt bekommen habe, habt ihr euch ja oben schon einmal gesehen." Er grinst ganz frech.

„Ah, hallo, Leni."

„Hallo, freut mich sehr."

„Tut mir leid wegen vorhin. Ich sollte mir das Klopfen wohl angewöhnen." Ja, das war eindeutig die Stimme vom Vorfall in Miras Haus.

„Ach, nicht so schlimm."

„Also ich habe schon mal das Mittagessen auf den Tisch gestellt. Du isst doch mit uns, Leni, oder? Anna und Alexander sind auch gleich da."

Wir gehen ins Esszimmer, als mir plötzlich ganz schwindelig wird. Ich erreiche gerade noch die Lehne eines Stuhls, als mir ganz schwarz vor Augen wird. Einen Moment später ist es vorbei. Ich bin nicht umgekippt, denn ich stehe noch immer auf meinen Beinen, allerdings nicht sehr standhaft.

„Alles klar bei dir?" Nick kommt gerade aus der Küche mit einem Glas Wasser und einer Kopfschmerztablette.

„Hier. Setz dich erst einmal."

„Danke."

Ich nehme die Tablette und trinke das gesamte Glas aus. Danach schließe ich meine Augen, drücke mit meinen Fingern gegen zwei bestimmte Punkte an meinem Kopf und zähle bis zehn. So hat es mir mein Papa einmal gezeigt, als ich längere Zeit ein großes Kreislaufproblem hatte und es fast alltäglich war, dass mir schwindelig wurde und sich alles drehte.

Vergeblich versuche ich es noch ein zweites Mal, in der Hoffnung, dass es heute auch funktioniert, auch wenn die Gründe meines Kreislaufproblems andere sind als damals.

Zeitgleich höre ich zwei neue Stimmen im Zimmer.

„Hallo! Sorry, wir standen im Stau! Ist das Essen schon lange fertig? Ich bin ziemlich hungrig."

Dass müssen wohl Nicks Schwester Anna und Alexander, wer auch immer das ist, sein.

„Ah Alex, komm gleich mal mit. Ich muss dich was fragen." Nick verschwindet mit Alexander im Treppenhaus und die Stimmen werden leiser.

Ich öffne meine Augen und stehe auf, da kommt auch schon eine hübsche Brünette auf mich zu: „Ah, du musst Leni sein, stimmt's? Ich bin Anna, Nicks Schwester."

„Ja, richtig. Hallo!"

Nicks Mama stellt noch die letzte Pfanne auf den Tisch: „So, setzt euch doch bitte schon mal und nehmt euch doch gleich was, sonst wird das Essen kalt. Ich weiß ja nicht, was die beiden jetzt besprechen müssen und ob das nicht noch bis später Zeit gehabt hätte."

Ich nehme gegenüber von Anna Platz und wir drei beginnen zu essen. Zuerst hatte ich Bedenken, dass eine peinliche Stille entstehen könnte, aber das war völlig umsonst, denn schon nach wenigen Sekunden verstanden wir uns super.

Ich konzentrierte mich gerade auf meine Nudeln, die einfach nicht auf den Löffel gerollt werden wollten, als Nick und Alexander wiederkamen.

Die fremde Stimme kommt mir plötzlich bekannt vor. Ich will mich nicht auffällig umdrehen müssen, um Alexander zu sehen, weil ich mit dem Rücken zum Eingang des Esszimmers sitze, deshalb warte ich bis die beiden in mein Blickfeld rücken.

Als es so weit ist, fallen meine Nudeln erneut vom Löffel. Das darf ja wohl nicht wahr sein.

„Ach, hallo, Leni. Da trifft man sich auch noch am Wochenende unter den skurrilsten Umständen, was?"

Ich fass es nicht.

Stets findet Überraschung statt.
Da, wo man's nicht erwartet hat.
(Wilhelm Busch)

„Wieso hast du mir das nicht erzählt?"

„Woher sollte ich wissen, dass dich interessiert, wer der Freund meiner Schwester ist?"

„Du hättest mich ja wenigstens vorwarnen können!" Ich schaue ihn vorwurfsvoll an. „Da rechnet man mit nichts Schlimmem und schon sitzt man beim Mittagessen nicht nur mit der Familie des Freundes zusammen, sondern auch noch dem Physiklehrer gegenüber."

Ich konnte es wirklich nicht glauben, hätte ich es nicht mit meinen eigenen Augen gesehen. Da saß ich mit Herrn Schneider an einem Sonntag zusammen beim Mittagessen. Hätte mir das vor zwei Stunden jemand erzählt, hätte ich nur ungläubig den Kopf geschüttelt.

Na ja, ungläubig bin ich jetzt immer noch.

„Wenn ich ehrlich bin, habe ich in diesem Moment gar nicht daran gedacht. Alex ist einfach schon ein Teil der Familie, weil er und Anna schon seit mehr als acht Jahren zusammen sind."

„So ist das also." Ich grinse ihn an.

„Du, ich muss erst zum Training und dann fertig packen."

Ach, das hätte ich ja fast schon wieder vergessen. Das Probetraining.

„Willst du mich loshaben oder wie?"

„Nein, Quatsch. Ich wollte dich fragen, ob wir nicht zusammen losgehen wollen. Liegt ja in der gleichen Richtung."

„Stimmt. Ich hol nur noch schnell meine Tasche und dann können wir los."

„Wie lange dauert denn eigentlich das Probetraining? Du hast schon ganz schön viel Gepäck in deinem Zimmer stehen."

Wir laufen gemeinsam durch den Park.

Er schaut nervös auf den Boden, dann in den Himmel und dann in mein Gesicht, als bereite ihm die Sache Unbehagen.

Ich sehe ihn nur fragend an.

„Vier Wochen. Vielleicht auch länger."

„Was?" Das ist jetzt nicht sein Ernst, „Wieso sagst du mir das erst jetzt? Und was heißt vielleicht auch länger?"

„Leni, sei bitte nicht sauer. Ich habe nicht gewusst, wie ich dir das sagen soll. Am Telefon letzte Woche wäre das total unangebracht gewesen. Zusätzlich musste innerhalb kürzester Zeit noch so vieles mit der Schule, aber auch mit der Hochschule abgeklärt werden. Aber das ist einfach eine einmalige Chance für mich, ich hoffe, du verstehst das."

Ungläubig sehe ich mich um und suche nach Worten.

„Du kannst jetzt nicht von mir erwarten, dass ich so tue, als wäre das völlig in Ordnung für mich. Wann hättest du es mir denn dann erzählt, wenn ich dich nicht zufällig gefragt hätte?"

„Ich weiß nicht, wann ich es dir erzählt hätte. Es ist einfach alles anders gelaufen, als ich es mir vorgestellt habe. Ich habe mir das doch auch nicht ausgesucht!"

Ich bin sauer. Auch wenn ich nicht sauer sein sollte. Aber ich dachte einfach, dass er mir so etwas erzählt, so wie ich ihm auch alles erzähle, sobald ich es weiß.

Einfach wegrennen will ich jetzt aber auch nicht. Denn wie bescheuert wäre das denn, wenn wir uns vier Wochen nicht sehen könnten und dabei auch noch in einem Streit auseinandergegangen wären?

Sicherlich würde ich mich schon darüber ärgern, wenn er noch nicht einmal die Stadt verlassen hätte.

„Ich wünsch dir viel Glück, Nick. Vielleicht tun uns diese paar Wochen auch ganz gut."

„Leni!"

„Ich werde dich vermissen, Nick."

Ich versuche das ganz neutral und ruhig zu sagen, lasse meine Hand aus seiner gleiten und drehe mich um.

Er sagt nichts. Ich hätte mir gewünscht, dass er mir hinterherläuft, um das klarzustellen. Oder dass er wenigstens noch einmal meinen Namen ausspricht. Wie ich es immer geliebt habe. Doch nichts von dem geschieht.

You say you love rain, but you use an umbrella to walk under it.
You say you love sun, but you seek shelter when it is shining.
You say you love wind, but when it comes you close your windows.
So that's why I'm scared when you say you love me.
(Bob Marley)

Meine Beine tragen mich automatisiert nach Hause. Mein Kopf ist völlig durcheinander. Ich wünsch dir viel Glück, Nick. Blöder hätte ich meine Worte auch nicht formulieren können.

Natürlich wünsche ich mir für ihn, dass er das Stipendium bekommt. Ich würde mich gerne mit ihm freuen.

Das Ganze war es gar nicht wert, in einem Streit zu enden. Ich glaube, das war einfach nur der letzte Schluck, der das Glas zum Überlaufen brachte. Es war viel zu harmonisch die letzten Wochen. Zwischenzeitlich gab es Momente, in denen ich nicht wusste, wie sehr ich ihm vertrauen kann und was ich ihm erzählen kann. Manchmal hatten wir uns auch nichts zu sagen, aber dennoch konnte ich es mir ohne ihn auch nicht mehr vorstellen. Dennoch hatte ich das Gefühl, dass etwas fehlte. Es bestand ja nicht die gesamte Beziehung aus den rosaroten Momenten und gemeinsamen romantischen Erlebnissen der frisch Verliebten, es gab auch schon ganz andere Momente bei uns, in denen ich dem Streit einfach aus dem Weg gegangen bin, weil ich Konflikten grundsätzlich aus dem Weg gehe.

Ich ärgere mich ja jetzt schon wieder darüber. Ich muss aber doch nicht immer einstecken oder mich für Dinge entschuldigen, die ich nicht einmal getan habe, nur um den Frieden zu erhalten. Irgendwann muss auch mal mein Frust hinaus. Bei all der Freundlichkeit und Höflichkeit staut sich doch immer mal ein wenig negative Energie an, die früher oder später abgelassen werden muss.

Ich schließe die Haustür hinter mir und schmeiße meine Schuhe in das dafür vorgesehene Regal.

„Lelia Ninon!"

Oh, das klingt nicht gut. Das klingt nach Ärger.

Ja, Lelia Ninon, das bin ich. Wer dachte, Leni leitet sich in meinem Fall von „Anna Lena" oder „Lena" ab, der hat sich geirrt. Warum nullachtfünfzehn Namen, wenn es doch auch außergewöhnlich geht? Mein Bruder Marlon hat von der Vorliebe meiner Eltern noch nichts gespürt. Erst nach ihm sind die beiden auf den Geschmack gekommen und so entschieden sie sich bei mir für Lelia, was aus dem Niederländischen oder dem Lateinischen von dem Wort „Lilie" kommt und Ninon, was die französische Form von Nina ist.

Glück hatte ich nur, dass sich die ersten Buchstaben der beiden Namen perfekt zu einem Rufnamen verbinden ließen, wodurch

mir doch noch einiges erspart geblieben ist. Die meisten meiner Freunde, Nick eingeschlossen, kennen nicht einmal meinen richtigen Vornamen, denn ich verberge ihn immer, so gut es geht, und niemand nennt mich bei ihm. Es gibt nur eine Ausnahme. Wenn mir Ärger bevorsteht. Riesengroßer Ärger.
„Lelia Ninon!"
„Jaaa!"
Ich gehe ins Esszimmer, aus dem ich Mamas Stimme vernehme.
„Wo warst du?"
„Ich war mit Mira unterwegs."
Sie steht mit verschränkten Armen am Fenster: „Ach, und da kommst du ganz gemütlich um vier Uhr nachmittags nach Hause, ohne uns vorzuwarnen, dass du wohl länger als vierundzwanzig Stunden nicht zu Hause sein wirst? Wieso hast du nicht Bescheid gegeben, dass du länger bei ihr bist?" Sie ist wirklich sauer.
„Wieso hast du nicht einfach auf meinem Handy angerufen, wenn du wissen wolltest, wo ich bin?"
„Das habe ich ja, nur funktioniert das nicht so gut, wenn es ausgeschaltet ist."
„Ist es nicht. Es ist nie ausgeschaltet."
„Doch, war es. Ich habe es ja mehr als nur einmal probiert ... Weißt du, was wir uns für Sorgen gemacht haben?"
Ich wühle in meiner Tasche nach dem Handy. Es ist tatsächlich ausgeschaltet. Doch ich schalte es nie aus. Da fällt mir eine Sache ein: der Akku. Akku leer – Handy aus. „Es tut mir leid. Das war nicht meine Absicht." Sie nickt nur. Normalerweise würde ich bei einer solchen „Aktion", wie es meine Eltern nennen würden, Hausarrest oder Ähnliches bekommen. Doch sie haben recht schnell bemerkt, dass solche Strafen bei mir völlig unnütz sind, denn mir macht das nicht viel aus, wenn ich ein Wochenende zu Hause bleiben muss. Im Gegenteil. Ich schaffe es auch ohne Zwang, mich im Haus zu verbarrikadieren, wenn ich gerade eine kreative Phase habe, in der ich an einem Projekt arbeite, sodass ich manchmal sogar an das Essen, Trinken und Schlafen erinnert werden muss. Da ich auch kein Freund vom

Durchfeiern inklusive schlaflosen, alkoholfreudigen Wochenenden bin, befinde ich mich sowieso öfter zu Hause. Weil ich das Ganze auch noch als sehr angenehm empfinde, verärgert das die beiden, denn so ist eine solche Strafe völlig sinnlos, weshalb sie es nicht einmal versuchen, mir damit zu drohen.

„Sag mal, ist alles in Ordnung mit dir? Du siehst ein wenig zerstreut aus."

„Ja, alles gut", ich drehe mich um und tapse mit schweren Schritten die Treppe hinauf. Beinahe hätte ich den Streit von vorhin vergessen. Aber auch nur beinahe.

Eine Träne rollt meine Wange hinunter.

Ich bin eigentlich nicht wirklich traurig darüber. Ich mach schon wieder einen Aufstand aus so einer Sache. War doch seine Entscheidung, ob und wann er mir das erzählt. Früher oder später gibt es nun mal Meinungsverschiedenheiten. Die werden uns jetzt auch nicht umbringen. Ich wische die Träne mit dem Handrücken weg.

14. November 2016

Er meldet sich nicht. Nicht eine einzige Nachricht. Keine SMS, kein Anruf, nichts. Fünf Tage ist er jetzt schon weg. Der erste Tag war schlimm, sowie der zweite und der dritte. Danach ging es. Ich bin kein Mensch, der es keine fünf Stunden ohne den anderen aushält. Wirklich nicht. Manchmal bin ich sogar froh, wenn ich meine Ruhe beziehungsweise meinen Abstand von manchen Personen habe. Nicht dass ich sie nicht mag. Ich finde, das ist einfach notwendig, wenn man seine Gedanken sortieren will. Außerdem ist das Wiedersehen dann viel schöner und man kann die gemeinsame Zeit wieder genießen. Das, was mich jetzt so ungeduldig und traurig macht, ist einfach der Fakt, dass wir uns nicht richtig verabschiedet haben. Dass er nur dort stand wie angewurzelt. Dass er sich überhaupt so bescheuert benommen hat. Dass ich mich so bescheuert verhalten habe. Aber das Blöde an dieser Situation ist, dass wir beide Sturköpfe sind und keiner vor dem anderen nachgeben will. Das heißt, wir beide denken: Soll sich der andere doch zuerst melden. Ich bin im Recht. Denn ich habe immer recht. Hinzu kommt noch, dass sich Nick nicht einmal immer von selbst gemeldet hat, als noch alles in Ordnung war. Denn wenn ich auf seine Reaktionen gewartet hätte, würde ich heute noch warten. Ich weiß nicht, woran das liegt. Ich habe ihn sogar einmal danach gefragt, weil es mich schon ein wenig unsicher machte, wenn er sich nie meldete und ich nicht wusste, ob er sauer war, ob er keine Lust auf mich hatte oder ob ihn etwas beschäftigte. Er antwortete darauf nur, dass das bei ihm einfach so ist. Er schreibt niemandem von sich aus. Wenn ich was wollte, sollte ich mich ruhig melden. Darüber freut er sich immer und es störe ihn keineswegs. Er meldet sich nur einfach nicht von selbst. Das sei einfach so und ich habe das zu akzeptieren. Das habe ich auch getan. Mehr oder weniger freiwillig. Ich muss schon zugeben, dass es ganz schön wäre, wenn man unerwartet Nachrichten oder Besuch bekäme. In den ersten vier Wochen bemühte er sich auch noch wirklich darum. Daraufhin ließ es allerdings ziemlich schnell nach. Ich war aber auch einfach so vernarrt in ihn.

Es vergeht kein Tag, an dem ich nicht an ihn denke. Ich war schon so oft kurz davor, ihn anzurufen oder ihm zu schreiben. Doch ich konnte nicht. Ich will ihn nicht ablenken, denn diese Wochen entscheiden über seine Zukunft.

„Leni!" Meine Mutter ruft aus dem Erdgeschoss.

Ich hüpfe vom Bett und öffne meine Tür einen Spalt.

„Was ist?" Wir unterhalten uns immer in doppelter Lautstärke, weil man aufgrund meiner immer laufenden Musik sonst nichts verstehen würde.

„Komm doch mal nach unten."

„Kannst du mir das nicht hier sagen? Ich bin gerade beschäftigt."

„Jetzt stell dich nicht an und komm doch mal her!" Sie klingt schon ein wenig genervt.

Ich schalte kurz meine Musik aus und renne die Treppe hinunter.

„Was ist denn schon wieder?"
Ich gehe ins Wohnzimmer, wo ich die Schritte meiner Mama vernehme. Ich schaue sie fragend an.
„Marlon kommt gleich nach Hause."
Ich bin leicht verwirrt: „Schön, warum erzählst du mir das? Freust du dich nicht, dass er kommt?"
„Er kommt nicht alleine. Er bringt jemanden mit."
„Wen bringt er denn mit? Lass dir doch nicht alles aus der Nase ziehen, Mama!"
„Das weiß ich auch nicht. Er hat vorhin angerufen und gesagt, dass er uns jemanden vorstellen möchte. Deshalb möchte ich wissen, ob du etwas weißt?" Neugierig schaut sie mich an.
„Woher soll ich denn wissen, wen er euch vorstellt?"
„Ach Leni, du verstehst dich doch gut mit ihm, es hätte ja sein können, dass er dir etwas erzählt hat."
„Nein, hat er nicht, wahrscheinlich ist es seine langjährige Freundin, mit der er nun zusammenzieht, weil sie schwanger ist. Nur hat er es bisher immer geschafft, sie vor uns geheim zu halten."
Meine Mama schaut mich geschockt an. Eigentlich sollte sie meine Ironie langsam verstehen. Tut sie aber nicht. Sie schaut immer noch geschockt.
„Das war nicht ernst gemeint, Mama."
„Über deinen Bruder solltest du nicht solche Witze machen, Leni. Ich frag mich manchmal wirklich, ob Marlon nicht vielleicht ein Doppelleben führt."
„Ach, Mama." Grinsend und kopfschüttelnd gehe ich wieder die Treppe hinauf. In diesem Moment fährt ein Auto in unsere Hofeinfahrt. Ich drehe mich um, renne die Treppe hinunter und schaue unauffällig über den Sichtschutz des Küchenfensters. Die vorderen Türen des Audi A3 öffnen sich und sie steigen aus.

Katharina heißt sie. Sie ist tatsächlich Marlons Freundin. Und das schon seit zwei Jahren, wie sie mir später erzählte. Muss wohl in oder an der Familie liegen, dass man seinen Partner vor der

Familie geheim hält. Papa staunte nicht schlecht, als er von der Arbeit kam und eine hübsche, nette junge Dame neben meinem Bruder beim Abendessen Platz nahm.

Mama schaute mich irritiert an, als Marlon Katharina als seine Freundin vorstellte. Sie hatte wohl Angst, dass nicht nur der erste Teil meiner ironischen Antwort zuvor wahr ist. Wunderte mich ja, dass sie nicht nachfragte, ob sie zusammenziehen wollen oder ob Katharina schwanger ist. Hätte ich ihr wirklich zugetraut.

28. November 2016

Das Schönste, was wir erleben können, ist das Geheimnisvolle.
(Albert Einstein)

„Und, was macht eigentlich dein Nick?"
„Ja, stimmt, hat er sich endlich mal gemeldet?"
Tessa und Julia schauen mich fragend an.
Wir sitzen in der Mensa und ich esse lustlos meinen Salat.
„Nö, immer noch nichts." Ich versuche es möglichst so zu sagen, als ob mir das nichts ausmacht. Aber natürlich stört es mich, dass ich nach über drei Wochen immer noch nichts von ihm gehört habe.
„Ist ja echt blöd", Tessa schaut in ihr Chemieheft.
„Kannst du mir das noch mal erklären? Ich habe die letzte Reaktionsgleichung überhaupt nicht verstanden", Julia zeigt auf den Hefteintrag.
Danke, Freunde, für euer Mitgefühl. Mich zerreißt es innerlich, aber das scheint die beiden wenig zu interessieren. Ich sollte mich auch mal mit meinen Chemiehausaufgaben beschäftigen, doch leider gelingt es mir keine zehn Minuten, in ein einziges Heft zu schauen, weil ich nur ein Gesicht vor mir sehe.

Vor allem ist das gerade eine klausurenlastige Zeit und ich will nicht wegen dieser Sache so viele Punkte auf der Strecke liegen lassen, denn ich habe mir für mein Abi ein hohes Ziel gesetzt und ich musste mich das letzte Jahr ziemlich anstrengen, weil der Lernstoff sich nicht mehr von selbst in meinen Kopf schleicht, wie das die Jahre vorher immer funktioniert hat.

Im Chemieunterricht schaue ich aus dem Fenster. Das ist weitaus interessanter als diese chemischen Vorgänge. Das Haus, auf das man von meinem Fensterplatz aus eine perfekte Sicht hat, kenne ich mittlerweile schon ziemlich gut. Die Familie aus dem Erdgeschoss ist letzte Woche in den Urlaub gefahren. Mit aufgeblasenen Schwimmtieren, drei riesigen Koffern und einem Kinderwagen sind sie nach einem halbstündigen Verstauungsprozess losgefahren. Ich beneide sie wirklich sehr, denn das Wetter bei uns ist einfach nur grau und deprimierend. Im ersten Obergeschoss wohnt ein Mann der Marke „lebenslanger Junggeselle", der außer von seinen Eltern keinen Besuch erhält. Ihn scheint das Wetter nicht zu stören, denn man sieht ihn immer nur vor seinem Laptop sitzen, der direkt vor dem Fenster steht. Ob er da fleißig arbeitet oder süchtig an Spielen hängt, weiß ich allerdings nicht. In der Etage darüber lebt ein älteres Ehepaar, das sich immer lautstark auf dem Balkon unterhält. Wenn ich die beiden sehe, muss ich immer an meine Großeltern denken, wie sie völlig aneinander vorbeireden, weil sie akustische Verständigungsprobleme haben. In der Dachwohnung ist die Geräuschkulisse auch nicht leiser, denn dort wohnt eine sehr junge Familie, die vor einem halben Jahr Zuwachs von Zwillingen bekommen hat. Die Eltern rennen pausenlos vom Kinderzimmer in die Küche, dann ins Bad und wieder zurück in das Kinderzimmer. Ruhig scheint es bei ihnen wohl auch nie zu sein.

Heute bewegt sich allerdings nicht viel im Haus. Der Laptop steht einsam auf dem Schreibtisch, der Balkon ist leer und im Kinderzimmer ist es dunkel.

Gelangweilt widme ich mich halb dem Unterricht folgend meinem Chemiebuch. Ich blättere Seite für Seite um und stöbere wahllos darin herum. Als ich das Buch wieder schließen will, segelt aus einer Seite ein kleines Stück Papier heraus und landet auf dem Boden. Ich sehe nach vorne zur Tafel, an der Frau Riedel eine Gleichung erklärt. Nachdem ihr Blick prüfend durch die Klasse gewandert ist, greife ich nach unten und hebe den Zettel auf.

Na? Hab ich's doch gewusst. Langeweile in Chemie bei Frau Riedel? Überraschung gefällig? Komm nach der Stunde vor den Raum 142.

Süß. Eine kleine Zettelbotschaft mit einer Überraschung. Da wird sich jemand bestimmt gefreut haben. Wie lange der Zettel wohl schon in diesem Buch ist? Was für ein Zufall, dass die Person auch unsere Lehrerin in Chemie hat. Allerdings ist es auch ein wenig komisch. Was, wenn das gar kein Zufall ist und diese Botschaft an mich gerichtet war? Am Raum 142 komme ich auf dem Weg zum Bus sowieso vorbei. Ich könnte ja mal nachsehen. Nur zum Spaß. Man weiß ja nie.

Gesagt, getan. Nachdem ich mich von Tessa und Julia verabschiedet habe, bleibe ich vor dem besagten Raum stehen. Ich warte einen Moment, denn mein Bus kommt erst in einer halben Stunde. Ein paar Minuten später ist immer noch keine Überraschung in Sicht. Wie idiotisch von mir zu denken, dass das an mich adressiert war. Niemand konnte wissen, dass ich diese Nachricht heute zufällig finde. Ich drehe um und laufe in Richtung Ausgang.

Moment. Ich gehe zwei Schritte zurück. Mein Blick fällt auf die Wand. Dort hängt eine riesige Pinnwand. Unser Schwarzes Brett. Über dem Plakat vom Konzert unseres Schulchors hängt ein kleiner Zettel. Er fällt mir sofort ins Auge, denn die Schrift darauf ist die gleiche wie die auf dem Zettel aus dem Chemiebuch. Vorhin war ich mir nicht sicher, ob ich diese Schrift kenne, aber nun bin ich es. Ich muss grinsen.

Schlaues Mädchen. Neugierig bist du aber gar nicht, oder? Ich denke, mittlerweile weißt du, wer dir das geschrieben hat. Wenn du mich sehen willst, dann finde einfach den nächsten Ort. Du bist sicherlich hungrig, deshalb hab ich direkt mal an italienisches Essen gedacht.

Das sieht mir nach einer Schnitzeljagd aus. Das kann ja nicht sein Ernst sein.

Ich bin immer noch sauer auf ihn, aber dennoch will ich mir ansehen, was das wird und vor allem was er mir zu sagen hat. Ich mache mich auf den Weg. Aber Pizza und Pasta gibt es bei uns nur an einem Ort.

Ich laufe in die Stadt. Wenn wir essen gegangen sind, dann war das bei unserem Italiener. Je mehr ich mich dem Restaurant nähere, desto mehr Bauchkribbeln bekomme ich. Was sage ich eigentlich, wenn wir uns gegenüberstehen? Was wird er wohl sagen?

Ich gehe dem Eingang mit großen Schritten entgegen. Als ich gerade die Tür öffne, entdecke ich neben ihr einen weiteren Zettel im Fenster.

Ich habe mich dazu entschlossen, an einen anderen Ort zu gehen. Ein Ort, an dem wir in Ruhe reden und essen können. (Wie gut, dass das Essen hier auch zum Mitnehmen ist). Ich warte auf dich.
PS: Ein Ort, an dem man ganz leicht die Zeit vergisst.

Ich glaub es ja nicht. Was wird das denn, wenn es fertig ist? Antonio, der Kellner läuft gerade aus der Küche heraus, lacht mich an und zwinkert. Er weiß wohl Bescheid, was hier los ist. Verzweifelt mache ich wieder kehrt und setze mich für einen Moment auf eine Bank. Ein Ort, an dem man ungestört ist und die Zeit vergisst. Ich muss kurz nachdenken, bis es mir einfällt. Na klar! Der alte Steg unten am See.

Mit dem nächsten Bus fahre ich an den Stadtrand. Von der Bushaltestelle aus führt ein Weg hinunter zum See. Mit jedem Schritt werde ich schneller. Erst kurz vor dem Steg komme ich noch einmal zum Stehen. Es ist schon ein wenig nebelig und ich erkenne nur schwer eine Silhouette am Ende des Stegs. Mein Herz beginnt wieder schneller zu pochen. Es ist wie damals bei unserem ersten Treffen.

„Hi du." Aufgrund der kalten Temperaturen ist mein Atem sofort sichtbar. Mein Herz pocht mir bis zum Hals. Er dreht sich um und lächelt mich glücklich an.

„Hi du." Wir fallen uns in die Arme.

„Es tut mir leid", flüstere ich in sein Ohr.

„Nein, es tut mir leid. Ich bin so froh, dich zu sehen, das glaubst du gar nicht."

Antwort gibt es keine. Zumindest keine verbale. Aber einen Kuss hat er sich schon verdient.

„Ehrlich gesagt, dachte ich nicht, dass es schon so ungemütlich hier draußen ist. Habe es mir wirklich romantischer vorgestellt, aber es ist ja echt saukalt."

Er dreht sich um und schaut auf den Boden des Stegs: „War wohl nicht so gut durchdacht", necke ich ihn, doch erst jetzt entdecke ich die Picknickdecke, bestückt mit Köstlichkeiten.

„Wow! Aber ich glaube, das wird wirklich nicht so gemütlich, wenn ich mir das Wetter anschaue. Ich hätte da eine Idee, wo wir hingehen könnten."

„Und du bist dir sicher, dass jetzt niemand da ist?"

„Ja, ganz sicher." Ich greife nach meinem Schlüssel und öffne die Haustür. „So, da wären wir. Einfach die Treppe hoch und erste Tür links."

Er schaut sich sorgfältig um. Er war ja schließlich noch nie hier. Ich sehe mich sicherheitshalber noch einmal im Haus um, damit wir keine unangenehme Überraschung erfahren müssen, und dann folge ich Nick nach oben in mein Zimmer.

Damit wir trotzdem unser Picknick als eines genießen können, breiten wir die Decke auf meinem Fußboden aus und packen unser italienisches Essen darauf. Das ergibt wirklich ein interessantes Gesamtbild. Wir machen es uns gemütlich und nun kehrt endlich Ruhe ein, sodass ich endlich meinen Fragen Luft verschaffe. Auf dem Weg hierher haben wir noch kein Wort darüber gesprochen, sondern nur ein wenig unverfänglich geplaudert.

„Ja, jetzt erzähl. Was ist mit deinem Stipendium? Was habt ihr dort gemacht?", ich schaue ihn neugierig an und öffne parallel dazu meine verpackten Spaghetti.

„Ich hab's!" Er grinst stolz.

„Echt?"

„Ja. Das war echt cool dort. Zwar hart und anstrengend, aber es hat sich gelohnt."

„Ah, das ist ja toll!" Ich freu mich wirklich für ihn.

„Ja, ich konnte es gar nicht realisieren. Jedenfalls heißt das, für mich hat sich der Bewerbungsstress für irgendwelche Studiengänge erledigt. Du glaubst gar nicht, wie erleichternd das ist, weil ich damit noch nicht einmal angefangen habe."

„Mann, hast du's gut. Das habe ich noch vor mir."

„Du musst dir ja wohl keine Sorgen machen. Vermutlich reißen sie sich alle um dich."

„Ja, ist klar." Schon jetzt beunruhigt mich diese Zeit, die so ungewiss nach dem Abitur liegt. Wir machen es uns auf der Decke mit ein paar Kissen gemütlich, sprechen über die letzten Wochen und genießen unser Essen.

„Aber kurz mal zu einem anderen Thema: Was hast du dir eigentlich dabei gedacht?"

„Wobei?"

„Na, damit", ich hole die Zettel aus meiner Hosentasche.

„Wenn ich nur einen Zettel nicht gefunden hätte, hättest du den ganzen Nachmittag wartend am See gestanden."

„Ich fand, es war eine gute Idee." Er sieht ein bisschen beleidigt aus.

„Ja, schon, wirklich süß. Aber das hätte schon schiefgehen können."

„Ich weiß aber mittlerweile, dass zu ziemlich neugierig bist, und deshalb war das Risiko recht gering." Er grinst mich frech an und ich boxe ihn in die Seite.

In diesem Moment fährt ein Auto in den Hof. Ich schaue Nick erschrocken an und gehe schnell ins Treppenhaus, um zu sehen, wessen Auto es ist. Mama. Ausgerechnet die schlimmste Möglichkeit von allen. Also nicht, dass Mama schlimm ist. Nur wird das unangekündigte Aufeinandertreffen mit Nick keine angenehme Sache. Ich habe mich inzwischen schon dafür entschieden, dass ich ihnen Nick demnächst vorstellen werde, aber dafür muss ich alle Seiten auf die jeweils andere vorbereiten. Das hier ist also kein guter Zeitpunkt.

„Wir haben zwei Möglichkeiten: Entweder bleiben wir hier entspannt sitzen und ich stelle euch vor, so wie man das normalerweise macht, oder wir drücken uns heute noch mal, sodass du später ungestört rauskannst, ohne ein spontanes Zusammentreffen mit meiner Mama. Ich sollte sie lieber darauf vorbereiten können. Du weißt schon. Du kannst dich entscheiden." Unten öffnet sich die Haustür. „Am besten ziemlich schnell."

Nick grinst mich nur an. Nichts Panisches in seinem Gesicht zu erkennen. Er scheint das sogar sehr amüsant zu finden: „Na, dann nehme ich für heute doch noch mal die zweite Möglichkeit." Wir schnappen unsere Picknickdecke und schubsen sie unter mein Bett.

„Hallo? Leni? Marlon? Ist jemand zu Hause?"

Nick schiebe ich auf den Balkon, lehne hinter mir die Tür an und wir setzen uns in eine Ecke des Balkons hinter eine große Pflanze, sodass wir außer Sichtweite sind, wenn man aus dem Zimmer nach draußen schaut. Meine Mutter geht die Treppe hinauf, weil sie weiß, dass ich heute um diese Uhrzeit zu Hause sein müsste.

„Mit dir macht man was mit", er grinst schief und schüttelt den Kopf.

„Mit mir? Ich habe dir noch eine andere Variante genannt. Du hast dich für diese hier entschieden, also sei ruhig."

„Leni?", meine Mutter ist in meinem Zimmer. Sie öffnet die Balkontür und schaut sich um. Sie hat sich wohl gewundert, warum meine Tür nur angelehnt war. Sie hat uns nicht entdeckt und wir atmen auf. In diesem Moment dreht sie allerdings den Türgriff nach unten.

„Wie? Deine Mutter hat euch ausgeschlossen?"

„Ja. Sie hat einfach die Tür abgeschlossen. Das macht sie nie. Ich habe mir gedacht, das kann doch wohl nicht wahr sein."

Mira lacht mich aus. Mit einem Radler, ein paar Keksen und ganz viel Gelächter sitzen wir beide in ihrem Wohnzimmer. Nach

ewiger Zeit ist heute mal wieder ein richtiger Mädelsabend zustande gekommen. Ich bin froh, dass sie endlich mal wieder Zeit für mich hat. Wir haben eine Menge zu bereden.
„Ja und dann? Was habt ihr gemacht?"
„Nick hat erst nur gelacht, allerdings fand ich das nicht besonders witzig. Nachdem wir kurz überlegt haben, war klar, dass uns nur eine Möglichkeit bleibt, und zwar die, vom Balkon herunterzuklettern. Denn selbst wenn ich an der Tür geklopft hätte, hätte uns niemand gehört, weil meine Zimmertür auch geschlossen war. Einen anderen Weg gibt es nicht und es war unglaublich kalt, also mussten wir tatsächlich über das Geländer steigen."
„Nein!? Aber das waren doch fast drei Meter über dem Boden. Wie seid ihr denn da unverletzt hinuntergekommen?", sie schaut mich ungläubig an.
„Ich bin ja normalerweise auch nicht so unerschrocken, was Höhe angeht, aber Nick hat eine Menge Überredenskunst benötigt, um mich über das Geländer bewegen zu können", ich schüttle den Kopf und nehme einen großen Schluck von meinem Radler, „wir haben uns also wie zwei Affen über das Geländer gehangelt und haben uns an allem festgeklammert, was uns in die Finger kam. Als wir das Geländer geschafft haben, war es einfacher, weil die Stützen leicht zu umgreifen waren. Erst als wir schon auf halber Höhe waren, ist mir eingefallen, dass wir ja direkt vor dem Wohnzimmer ankommen und dort durch die große Fensterfläche gute Sicht auf das Esszimmer und die Küche war. Ich habe Nick erst einmal gestoppt und nachdem ich ihn vorgewarnt habe, sind wir vorsichtig das letzte Stück hinuntergeklettert. Als wir unten angekommen sind, sind wir sofort um die Ecke, damit uns niemand sehen konnte. Danach haben wir uns gleich verabschiedet. Er fand das aber gar nicht schlimm. Er war eher amüsiert über das, was passiert ist." Tief hole ich nach dieser Geschichte Luft.
„Ist ja echt witzig. Aber er war ja auch so süß mit dem, wie er dich überrascht hat", sie nimmt einen großen Keks, als es an der Tür klingelt.

„Ah, ich dachte schon, die kommen gar nicht mehr", Mira steht auf und geht ins Haus in Richtung Haustür.
„Wer? Wen erwartest du denn noch?", rufe ich ihr hinterher. Ich dachte, wir sind zu zweit.
„Na, Charlotte, Tessa und Julia", kommt die Antwort von drinnen und schon summt der Türöffner.

Mit einem komischen Gefühl gehe ich nach drei Stunden nach Hause. Die Atmosphäre ist so anders als vor über einem Jahr, das macht mich irgendwie traurig. Ich beginne darüber nachzudenken, was es einmal war. Wie schön unsere gemeinsamen Runden waren. Die Situationen, in denen jeder wusste, was der andere dachte, und trotzdem sprach es niemand aus. Ein Blick genügte und wir wussten, dass wir alle die gleichen Gedanken hatten, und schon konnten wir uns nicht mehr vor Lachen halten. Die besonderen Augenblicke, auch wenn sie noch so einfach waren, aber deren Wert man erst erkennt, wenn sie nicht mehr da sind.

Wisst ihr, was ich mir manchmal vorstelle?
Dass man so eine schöne Zeit einfach in ein Marmeladenglas stecken könnte. Und wenn man unglücklich ist, dreht man einfach den Deckel auf und schnuppert ein bisschen daran.
(Die wilden Hühner)

Frieda von den *wilden Hühnern* spricht mir aus der Seele. Vor ein paar Jahren haben wir den Film ständig zusammen geschaut, weil die wilden Hühner wie wir waren. Ich weiß auch nicht, woran das liegt, doch wir haben uns in letzter Zeit alle auseinandergelebt. Natürlich weiß man, dass nicht jede Freundschaft ein Leben lang bestehen bleibt. Doch das mit uns, das war etwas ganz Besonderes. Wir hatten so schöne Momente zusammen, so viel erlebt, so viele Gemeinsamkeiten und jetzt ist das alles weg. Einen richtigen Grund dafür habe ich noch nicht gefunden. Ich versuche seit Wochen zu begreifen, was gerade passiert, doch das alles will nicht in meinen Kopf.

Als ich zu Hause angekommen bin, schleiche ich unbemerkt nach oben, schließe die Tür hinter mir ab und schmeiße mich auf mein Bett. Nachdem ich Löcher in die Decke gestarrt habe, wandert mein Blick im Zimmer umher. Als ich an meiner kreativen Wand angekommen bin, bleibe ich an einem bestimmten Foto hängen. Es ist ein Ausdruck aus einem Fotoautomaten. Zu fünft haben wir uns in die kleine Kabine gezwängt. Es war an einem Samstagabend. Ein Mädelsabend, wie es lange keinen mehr gab. Das lag aber vielleicht auch daran, dass ich zu den meisten gar nicht mehr gekommen bin. Habe ihnen abgesagt oder mir Ausreden überlegt. Im Nachhinein weiß ich gar nicht mehr, warum. Wenn ich dann doch einmal dabei war, bin ich immer früher nach Hause gegangen. Auf dem Weg musste ich über den Abend nachdenken. Es war nicht mehr das, was es einmal war. Und das machte mich traurig. Oft saß ich einfach alleine da. Wenn ich einen Satz begann, sprach plötzlich jemand anderes, und wenn ich fortfuhr, bemerkte ich, dass mir niemand zuhörte. Auf Feiern, wenn die anderen Mädels immer zu zweit unterwegs waren, ließen sie mich sitzen oder es kam dann die Frage „Oh, Leni, willst du mit uns kommen?". Die anderen Jungs hatten es auch nicht so mit mir. So sehr ich mich auch bemühte, mich mit ihnen anzufreunden wie Mira, es war einfach nicht möglich. Stattdessen war ich die, die nie bis zum Filmriss trinken wollte, immer als Erste nach Hause ging und für keinen Spaß zu haben war. Ich weiß nicht, was ich falsch mache. Ich komme mir bei dieser Gruppe nur noch überflüssig und alleine vor.

Als ich so weit war, dass ich mich in Selbstmitleid hätte ertränken können, hörte ich meine Eltern schon wieder streiten, was sich in letzter Zeit immer mehr häufte.

30. Dezember 2016

Am nächsten Morgen war er weg. Nicht beim Bäcker oder auf der Arbeit. Mein Papa war weg. Als ich kleiner war, wünschte ich mir eine Beziehung, wie meine Eltern sie führten. Die beiden wirkten immer so ausgeglichen, gefühlvoll und einfach glücklich. Doch jetzt steht diese Liebe vor dem Gericht. Scheidung. Zwei Kinder und ein neu gebautes Haus. Vierundzwanzig Jahre Ehe. Ich habe ihn ein paarmal besucht. In seiner neuen Wohnung. Er lebt nun ganz allein. Ich wage es nicht, ein Urteil darüber zu fällen, was zwischen meinen Eltern vorgefallen war. Ich weiß nicht, was überhaupt vorgefallen ist, deswegen trägt keiner der beiden in meinen Augen Schuld. Ich möchte auch, dass es so bleibt. Seine Abwesenheit stört mich jedoch enorm. Zwischen ihm und mir, da war etwas ganz Besonderes. Man sagt ja, dass eine Vater-Tochter-Beziehung speziell ist, doch bei uns gab es noch einen anderen Draht. Wir waren uns so ähnlich, hatten so viel Spaß, konnten den größten Unfug zusammen machen, den niemand sonst verstand. Zu Weihnachten, nachdem ich von einem Weihnachtsmarktbesuch mit Mira zurückgekommen bin, stolperte ich im Flur über Umzugskartons. Meine Eltern hatten es tatsächlich geschafft, das schönste Fest im Jahr zu ruinieren. Das, was mir sonst als das Fest der Liebe und das Fest der Familie eine solch große Freude bereitet hat, hat seinen Zauber verloren. Es war schrecklich. Ich habe noch nie ein Weihnachten erlebt, das mehr deprimierte als dieses.

Obendrein meldet sich Nick nicht mehr. Dabei bräuchte ich jetzt jemanden, dem ich nah sein kann. Jemand, der mir zuhört, der mich auf andere Gedanken bringt und mir ein Lächeln ins Gesicht zaubern kann. Doch dieser Jemand ist natürlich schon wieder im Urlaub. Ich habe keine Lust mehr, ihm immer hinterherzurennen. Das lass ich nicht mehr mit mir machen. Ich nehme mein Handy und öffne WhatsApp. Immer noch keine Nachricht von ihm. Dabei ist er gerade auch online. Das macht mich ein wenig sauer. Aber ich bin nicht wieder die, die sich meldet. Ich muss mich ein wenig gedulden, vielleicht lernt er es ja doch noch irgendwann. Mit dem Handy in der Hand, seinem Profilbild geöffnet, schlafe ich ein.

07. Januar 2017

Die letzten Tage war ich beim Skifahren. Zusammen mit meinem Papa und meinem Bruder. Es war richtig schön. Das Wetter, der Schnee, die Leute und das Beste: fünf Tage mit meinem Papa. Über Mama haben wir kein Wort verloren. Es fühlte sich nicht richtig an, ihn damit zu konfrontieren.
Von Nick habe ich seit über einer Woche nichts mehr gehört. Ich sehe es aber noch nicht ein, mich zu melden. Auf der anderen Seite habe ich langsam auch Angst, einfach ersetzt zu werden.

Aber wie wir das ja kennen, ist das bei uns zwei Sturköpfen eine Frage der Zeit, bis sich einer doch überwindet, sich zu melden.

„Spätestens heute werden wir uns über den Weg laufen", dachte ich mir, „denn die Ferien sind vorüber."

Doch auf wundersame Weise habe ich ihn nicht einmal aus der Entfernung irgendwo entdecken können. Er hat es tatsächlich geschafft, mir aus dem Weg zu gehen.

14. Januar 2017

Wir sitzen an unserem Tisch in der Mensa. Mittagspause. „Ist nicht wahr? Das hast du doch nicht wirklich gemacht?" Mira kann's nicht fassen.

„Doch, wieso denn nicht?" Tessas Gesicht ist rot wie eine Tomate. Das passiert ihr immer, wenn sie etwas erzählt, was ihr peinlich ist.

„Tessa! Das hätte ich nie von dir gedacht!"

„Aber du! Du musst gar nichts sagen."

„Ich? Du willst doch damit nicht sagen, dass ich genauso bin? Ich hatte jedenfalls noch nichts mit einem Typen, dessen Namen ich nicht mal weiß!"

„Ich auch nicht." Julia gluckst schon seit fünf Minuten. Dann überfällt sie ein riesiger Lachanfall.

Ich kann mir nur ein müdes Lächeln und ein Kopfschütteln abgewinnen.

Ich halte das nicht mehr aus. Meine Gedanken sind mal wieder nur da, wo sie schon seit Wochen sind. Da stimmt doch irgendetwas nicht. Das kann doch nicht sein, dass ich ihn eine Woche lang nicht in der Schule gesehen habe. Und länger als zwei Tage ist Nick nicht krank. Niemals.

Gerade als wir uns auf den Weg zur nächsten Stunde machen wollen, läuft Simon an mir vorbei und ich fange ihn ab: „Hi, Simon!" Er grinst mich an. Simon ist ein ziemlich guter Freund von Nick.

„Hi, Leni! Wie geht's dir?" Er scheint sich wirklich zu freuen, mich zu sehen, und gleichzeitig sagt mir etwas an seiner Tonlage, dass er ziemlich besorgt ist.

„Gut, danke. Kann ich dich mal was fragen?"

„Ja klar." Ein sehr, sehr netter Kerl.

„Hast du in den letzten Tagen was von Nick gehört?"

Er schaut mich verwirrt an.

„Ne, wie meinst du das?"

„Na ja, weißt du, was mit ihm ist?"

„Wie, ist was mit ihm? Geht's ihm nicht gut?"

„Simon, das will ich doch von dir wissen. Wieso war er die ganze Woche nicht in der Schule? Ich habe ihn nirgends gesehen und nichts von ihm gehört."

Er schaut mich ungläubig an.

„Du meinst, warum er nicht in der Schule ist? Leni, ist wirklich alles in Ordnung? Redet ihr nicht miteinander oder was ist los?"

„Na ja, wir hatten einen kleinen Streit oder so was in der Art, weiß auch nicht ... Aber du weißt ja, wie das mit ihm ist. Er ist einfach stur."

„Heißt das, du weißt gar nicht ...?"

„Was?"

„Scheiße ..." Er sieht mich verzweifelt an.

„Was? Simon. Was weiß ich nicht?"

Ich muss sagen, er beunruhigt mich schon ein wenig. Hatte Nick einen Unfall beim Skifahren? Ist ihm etwas zugestoßen? Langsam steigt Panik in mir hoch.

„Ist das sein Ernst? Ich will doch nicht der Arsch sein, der dir das sagen muss, oder?" Er schafft es nicht einmal, mir in die Augen zu sehen.

„Simon, sag!" Langsam, aber sicher werde ich ungeduldig.

„Scheiße, scheiße, scheiße." Er atmet einmal tief durch. „Nick kommt nicht mehr."

„Wieso? Was ist mit ihm? Ist er ...? Ist im etwas passiert? Er ist doch nicht etwa ...?" Mir wird schlecht.

„Nein, nein, nein! Ihm ist nichts zugestoßen ... Er ist ... Leni, Nick ist nicht mehr auf der Schule. Sein Stipendium hat letzte Woche begonnen. Die haben ihn sofort genommen. Hast du davon wirklich nichts gewusst?"

Die Worte prallen an mir ab.

„Leni?"

„Leni?"

„Hallo?"

„Ist alles gut mit dir?"

„Was ist denn mit ihr?"

Immer und immer wieder versuchen sie zu mir durchzudringen, doch es gelingt ihnen nicht. Stipendium. Er war so glücklich darüber. Vor drei Wochen hat er mir noch davon erzählt. Seine Augen leuchteten allein bei dem Gedanken. Und jetzt ist er weg. Ohne ein einziges Wort. Mir wird schwarz vor Augen und ich sacke zusammen.

„… es war wohl doch ganz schön viel in den letzten Wochen. Sie war ziemlich mitgenommen und hat sich zurückgezogen."

„Wir hätten es merken müssen. Ich meine, was sind wir denn für Freundinnen?"

Beim Öffnen meiner Augen werde ich vom Sonnenlicht geblendet.

„Leni, Schatz. Wie geht's dir? Hast du Durst?"

Mama und Mira sitzen neben mir. Erst jetzt stelle ich fest, dass ich nicht mehr in der Mensa bin. Die Umgebung ist weiß und steril.

„Was ist passiert?" Die Antwort auf die Frage fällt mir allerdings schon binnen Millisekunden selbst wieder ein und Unbehagen und Traurigkeit machen sich in mir breit. „Wieso bin ich im Krankenhaus? Muss ich hierbleiben? Wenn nicht, würde ich gern einfach nur heim."

„Die Ärzte sagen, es ist alles in Ordnung. Es war nur der Kreislauf. Du warst nur ganz schön lange nicht ansprechbar, deswegen haben sie dich doch zur Untersuchung hierhergebracht. Sie haben aber nichts Auffälliges gefunden. Alles gut so weit. Ich schau mal nach einer Schwester und frage, ob du gehen darfst." Meine Mutter verlässt eilig den Raum. Krankenhäuser sind absolut nicht unsere liebsten Orte.

„Leni, sag mal, was hat dich dann aus den Socken gehauen? Hat es was damit zu tun, was Simon zu dir gesagt hat?"

Mir rollt eine Träne die Wange hinunter. Ich kann nichts dagegen machen.

„Leni? Oh Gott, Maus, geht's dir gut?"

Ich bin völlig perplex.

„Anna? Was machst du denn hier?" Ich wische meine Träne weg.

„Ich bin Krankenschwester hier. Ich hatte gerade eine Akte in der Hand, als mir aufgefallen ist, dass ich den Namen doch kenne. Ich habe mir Sorgen um dich gemacht. Kreislaufzusammenbruch? Geht's dir wieder besser?"

„Oh, das wusste ich gar nicht. Ja, mir geht's ganz gut, denke ich."

So viel Zeit habe ich mit Nicks Familie in den letzten Wochen verbracht, bis sich zwischen uns etwas verändert hat, aber doch weiß ich fast nichts über sie. Anna habe ich wirklich schon in mein Herz geschlossen, dennoch gehört sie zu einer der Personen, die ich momentan am wenigsten sehen möchte. Nick. Was ist nur mit ihm los?

In diesem Augenblick platzt meine Mutter wieder ins Zimmer: „Ah, endlich eine Schwester! Ich habe den ganzen Flur abgesucht, aber habe niemanden gefunden."

„Oh, das tut mir leid – sind Sie Frau Schumann?" Den Namen spricht Anna etwas zögerlich aus. „Ich bin Anna, Nicks Schwester. Schön, Sie kennenzulernen."

Verdammt. Meine Mutter weiß ja noch nicht einmal, wer Nick ist. Geschweige denn, dass er mein Freund ist ... oder war ... oder wie auch immer ... Was Nick eben in den letzten Wochen und Monaten für eine Rolle in meinem Leben gespielt hat.

„Was für ein Zufall, Nicks Schwester? Nennen Sie mich einfach Margarethe." Oh, ich wusste gar nicht, dass sie so eine gute Schauspielerin ist. Sie lässt sich absolut nichts anmerken. Bevor die Angelegenheit aber noch brenzliger wird, funke ich dazwischen.

„Was ist denn jetzt das Ergebnis? Muss ich noch länger hierbleiben?" Ich will wirklich nur noch nach Hause.

„Ich frage noch mal ganz kurz beim leitenden Arzt nach und dann bringe ich auch gleich alle Papiere mit, o. k.?"

„Klingt gut, danke." Anna verschwindet.

Ob Mira bemerkt hat, wie peinlich die Situation gerade war oder wie schlimm sie hätte enden können?

Ja. Wir lächeln uns erleichtert an.

Ich erwarte allerdings jeden Moment die Frage meiner Mutter „Wer ist Nick?", und zwar mit einem ganz scharfen Unterton. Jedoch warte ich vergeblich. Vermutlich schont sie mich noch, bis wir zu Hause sind.

„Also, es ist alles geklärt. Du kannst gehen, nachdem du dich unten abgemeldet hast."

Gesagt, getan. Keine Minute länger will ich in diesem Krankenhaus verbringen.

Zwei Stunden später, nachdem Mira und ich in ihrem Zimmer saßen, verabschieden wir uns voneinander. Ich habe ihr alles berichtet, was mir Simon am Vormittag erzählt hat. Realisieren kann ich das allerdings immer noch nicht richtig. Komischerweise habe ich das Gefühl, dass Mira nicht genau versteht, wie tief mich das doch verletzt und wie es mich aus der Bahn geworfen hat. Anfangs war ich mir sicher, dass sie die ist, mit der ich über all das reden kann. Nachdem sie mich erst getröstet hatte, wurden ihre Worte aber härter und härter. „Leni, das war echt nicht fair, was er gemacht hat, aber ganz ehrlich? Was hast du dir denn von ihm erwartet? Nick ist immer der geblieben, der er vorher war. Du hast das nur nicht gesehen." Das war eindeutig noch zu viel für mich. Ich ließ es mir zwar nicht anmerken, aber plötzlich fühlte ich mich richtig unwohl. Ich wollte nur noch nach Hause.

Dort angekommen, schließe ich die Haustür ganz leise auf. Ich hänge meine Jacke an die Garderobe, drehe mich um und stolpere schon wieder fast über einen Umzugskarton. Verwirrt sehe ich mich um. Will Mama jetzt auch noch ausziehen? Nachdem Papa uns verlassen hat, ist auch Marlon vor ein paar Wochen mit Katharina in eine gemeinsame Wohnung gezogen. Ich habe in letzter Zeit eindeutig zu viele Umzugskartons gesehen.

„Mama?" Ich gehe vorsichtig ins Esszimmer, von wo aus ich Stimmen vernehme.

„Leni, da bist du ja endlich!"

Das klingt interessant. Viel zu freundlich. Irgendetwas an ihrer Stimme sagt mir, dass noch mehr dahintersteckt.

„Ja. Da bin ich. Ich war doch nur noch ganz kurz bei Mira, ich weiß gar nicht, was du ... hast ..."

Ich laufe um die Ecke und traue meinen Augen nicht. Vor Schreck vergesse ich völlig, meinen Satz zu beenden. Am Tisch sitzt nicht nur meine Mutter, sondern auch Marlon und Katharina. Sie scheinen wohl schon früher zu Besuch gekommen sein. Doch das, was mir am meisten die Sprache verschlägt, ist eine andere Person. Mein Vater sitzt am Tisch. Neben meiner Mutter.

Sie lächelt mich glücklich an: „Es gibt etwas zu feiern. Papa ist wieder da."
Das kann ich jetzt nicht glauben. Da habe ich wohl etwas verpasst. Zwar wirft es mich einerseits völlig aus der Bahn, denn damit haben sie mich wirklich überrumpelt, aber ich bin unendlich froh, dass sie wieder zueinandergefunden haben. Ich bin einfach ein harmoniebedürftiger Mensch, denn auch Streit vermeide ich um alles, was möglich ist, weil ich es einfach hasse, wenn Unstimmigkeiten im Raum liegen. Mein Papa sagt immer, bei mir muss alles seine Ordnung haben. Ob das jetzt auf meinen Schreibtisch, meinen Kleiderschrank oder eben auf Beziehungen bezogen ist, das kommt ja eigentlich auf dasselbe hinaus.
Ich gehe auf den Tisch zu, da steht Papa auch schon auf und wir umarmen uns ganz fest.

„Und ihr wollt sicher nicht noch zum Abendessen bleiben? Wir haben auf jeden Fall genug zu essen hier." Wir stehen alle an der Tür.

„Nein, Mama, danke, aber wir müssen jetzt wirklich los."

„Gut, dann bis nächstes Wochenende. Und fahrt vorsichtig."

„Ja, machen wir. Macht's gut!" Marlon verdreht die Augen und öffnet die Fahrertür.

„Tschüs!" Katharina schaut noch einmal, nachdem sie alles im Kofferraum verstaut hat, neben dem Auto hervor. „Und Danke schön für Kaffee und Kuchen."

„Ach, dafür musst du dich doch nicht bedanken. War schön, dass ihr vorbeigekommen seid!"

„Bis nächste Woche!" Marlon startet den Motor, Katharina schließt die Beifahrertür und winkt noch einmal.

Und schon sind sie um die nächste Ecke gebogen.

Ich muss grinsen. Bei uns ist das ganz speziell, einander zu zeigen, wie gern man sich eigentlich hat. Menschen der großen Gefühlsoffenbarungen sind wir wohl alle nicht. Und auch in unserer Familie haben wir öfter mal Unstimmigkeiten. Im Inneren sind wir natürlich trotzdem froh, dass die anderen da sind. Auch wenn wir das nicht so zeigen. Wenn Marlon und

Mama sich mal wieder in den Haaren hatten, sagte sie oft, sie kann es kaum erwarten, dass er auszieht. Jetzt allerdings will sie ihn ja fast gar nicht mehr gehen lassen. Dabei ist er noch nicht einmal aus der Welt. Katharina und er wohnen ja nur eine halbe Stunde entfernt.

„Ich gehe dann auch noch mal in die Wohnung, um die letzten Dinge zu holen."

„Soll ich mit oder schaffst du den Rest noch alleine?"

„Nein, das ist nicht mehr viel. Ich bin in einer Stunde wieder da." Er gibt ihr einen Kuss und noch einen und noch einen.

Oh Mann, das ist ja nicht mit anzusehen. Wie zwei frisch Verliebte. Ich gehe zurück ins Esszimmer.

„Ich liebe dich, Margarethe, weißt du das?"

„Ich liebe dich, Arndt."

Ich schließe die Tür hinter mir. Komisch, das von meinen Eltern zu hören. Als sie noch zusammen waren, haben sie das nie gesagt. Ich würde mich wirklich noch mehr für die beiden freuen, wenn ich nicht so einen nervenaufreibenden Tag gehabt hätte. Mama steht auf einmal hinter mir und wir beginnen den Tisch abzuräumen.

„Also, Mama. Jetzt sag mal. Was habe ich denn verpasst?" Ich staple die Teller aufeinander.

„Wie meinst du das?" Sie sieht mich fragend an und dreht sich in Richtung Küche.

„Ja wie kam es denn dazu? Also wieso ist Papa auf einmal wieder da?"

Sie sieht mich an. Strahlend, wie ich sie schon wochenlang nicht mehr erlebt habe. Es nahm sie wirklich mit. Abends hörte ich sie weinen. Tagsüber war sie nie zu Hause, machte zahlreiche Überstunden oder unternahm etwas mit ihren Freundinnen.

Eine Antwort auf die Frage, warum die beiden sich überhaupt trennten, habe ich bis heute nicht erfahren. Ob es „nur" die Unstimmigkeiten waren, die jedes Mal im großen Streit endeten, ob sie sich auseinandergelebt haben oder sich nicht mehr genug liebten, ich habe keine Ahnung.

„Eigentlich warst du der Grund."

„Ich? Wieso? Also ich bin mittlerweile schon groß genug, dass ich damit klarkomme. Ihr müsst doch nicht meinetwegen auf perfekte Familie machen."
„Nein, nein. Das meine ich nicht. Du hast mich daran erinnert, wie es ist, verliebt zu sein, und wie glücklich man doch sein kann."
Ich schaue sie erstaunt an und runzle die Stirn. Ich habe ihr bis heute noch kein Wort davon erzählt, dass ich einen Freund hatte. Woran hat sie das denn gemerkt?
„Ich? Verliebt? Was weißt du denn bitte schön davon?" Meine Stimme überschlägt sich fast. Ich bin wohl auch noch zu schlecht, um das zu verbergen.
„Leni, ich bin deine Mutter." Das unschlagbare Argument.
Ich weiß nicht, wie sie das macht, aber sie ist und bleibt die Person, der ich tatsächlich am wenigsten etwas vorspielen kann. Sie durchschaut alles und jeden, bevor ich das manchmal gemacht habe. Da kommt mir auch noch die Situation von heute Vormittag in den Sinn. Nicks Schwester. Sie wusste also wirklich, was los war. Wahrscheinlich hat sie uns spätestens bei der Kletteraktion über den Balkon bemerkt. Ist ja eigentlich auch nicht so wichtig. Dieses Kapitel hat sich ja nun auch erledigt. Wenigstens hatte es eine gute Sache. Meine Mutter hat also ihren Stolz hinuntergeschluckt und sich noch mal zusammengerissen, um ihre Ehe und damit ihr halbes Leben nicht einfach hinzuschmeißen.
„Na ja. Jedenfalls habe ich enorm viel nachgedacht in den letzten Wochen. Als ich mich dann endlich dazu aufraffen konnte, damit abzuschließen und es zu akzeptieren, wollte ich neue Ordnung in mein Leben bringen. Begonnen habe ich damit, das Zimmer oben umzuräumen und neu einzurichten. Dabei ist mir ausgerechnet noch ein Fotoalbum in die Hände gefallen, das ich eigentlich sofort wegschmeißen wollte. Arndt hat es mir geschenkt, als wir fünf Jahre zusammen waren. So viele Erinnerungen hingen damit zusammen. Es bestand aus 100 Fotos unserer ersten gemeinsamen Zeit. Wir haben so viel erlebt. So viele verrückte Dinge gemacht. Er hat mich zu dem Menschen gemacht, der ich heute bin. Er hat mich wirklich verändert und ich war so verrückt nach ihm. Er

ist und bleibt meine erste Liebe. Und dann kommt man an den Punkt, bei dem ich dachte, ihn schon längst verpasst zu haben. Man muss sich entscheiden. Man kommt an den Punkt, an dem man sich fragt, ob es sich lohnt, noch daran festzuhalten und darum zu kämpfen, oder ob es für alle das Beste wäre, loszulassen, um nicht selbst daran kaputtzugehen. Das Fotoalbum und du. Ihr habt mir diese Entscheidung plötzlich klargemacht."

„Na, zum Glück. Ich denke auch, dass es die richtige Entscheidung war."

Ich lächle sie an. Wirklich eine schöne Geschichte mit dem Fotoalbum.

„Das mit Nick und dir scheint etwas Ernstes zu sein. Du müsstest das wirklich nicht geheim halten. Bring ihn ruhig mal mit. Wir würden ihn wirklich gern kennenlernen. Außerdem macht ihr euch das Leben dann vielleicht auch einfacher."

Ich nicke nur noch und gehe aus der Küche hinaus. Kein Wort gelangt mir über meine Lippen und ich gehe schnell hinauf in mein Zimmer. Die Tränen stehen mir schon wieder in meinen Augen. Ich lege mich auf mein Bett und atme tief durch. Zu viele Überraschungen heute. Ich hatte noch nicht einmal Zeit, mir richtig Gedanken über Nick zu machen. Dass Mama das jetzt noch ansprechen musste. Sie hat doch sonst immer ein Gefühl für alles. Dann könnte sie doch genauso auch wissen, dass es wirklich ungünstig war, dieses Thema anzusprechen.

Ich schmeiße ein Kissen an die Wand. Durch diesen Windstoß fällt ein Zettel meiner Pinnwand auf den Boden. Bei diesem Anblick kann ich mich nicht mehr zurückhalten und die Tränen kullern schon meine Wangen hinunter. Es war einer der Schnitzeljagdzettel von Nick von vor knapp zwei Monaten, als er mich überrascht hat – mit der Nachricht, dass er sein Stipendium bekommen hat.

Das, was wir erwarten, hält uns in der Balance.
Das, was wir nicht erwarten, ist, was uns verändert.
(Grey's Anatomy)

15. April 2017

Es ist einige Wochen her seit dem letzten Eintrag. Und es ist wirklich viel passiert in der letzten Zeit. Hinzu kommt jetzt der Abiturstress. Nach Nicks Abgang hat es erst einmal ein paar Wochen gedauert, bis ich wieder halbwegs aus meinem Tief gekommen bin. Das war wirklich gar nicht so ohne. Als ich gar nicht mehr wusste, wo mir der Kopf stand, und erst als ich kurz davor war, durchzudrehen, habe ich mich halbwegs wieder in den Griff bekommen. Ich habe nur das Gefühl, dass das nichts mit normalem Liebeskummer mehr zu tun hatte. Denn komischerweise hat mich Nick gar nicht so arg beschäftigt. Nur wegen einer Trennung würde ich sicherlich nicht überlegen psychologische Hilfe in Anspruch zu nehmen. Nach ein paar Wochen innerer Leere und immer größer werdenden Schatten unter meinen Augen habe ich mich erstmals gefragt, ob das alles noch normal ist. Je länger ich darüber nachdachte, desto klarer wurde alles. Ich habe im Internet ein paar Artikel gelesen und dann war die Diagnose schon ziemlich eindeutig. Schon Wochen bevor das mit Nick gewesen ist, fiel es mir immer schwerer, in der Schule auf dem Laufenden zu bleiben. Egal, was ich versucht habe, ich konnte mich nicht mehr konzentrieren. Meine Noten zeigten das auch nach kurzer Zeit. Das Lernen funktionierte von Grund auf nicht mehr. Ein vollständiges Black-out beim Chemietest brachte mich völlig zum Verzweifeln. Neben dem Konzentrationsmangel war auch nach dem Unterricht nichts mehr mit mir anzufangen. Kaum war ich zu Hause, legte ich mich ins Bett und schlief nur noch. Ich hätte den ganzen Tag durchschlafen können. Einige Tage bin ich nur noch zum Essen und für die Schule aufgestanden. Hausaufgaben waren schon gar nicht mehr möglich, denn ich konnte mich auch für nichts mehr motivieren. Schule war früher nie ein Problem für mich, ich bin eigentlich immer ziemlich gerne in die Schule gegangen, doch diese Lust ist mir völlig vergangen. Ich weiß gar nicht, wie oft ich in diesen Wochen „Ich habe keine Lust auf …"

von mir gegeben habe. Selbst einfachste Dinge wurden für mich zum größten Kampf. Manchmal ließ ich sogar die Dusche abends ausfallen. Mit Erschrecken musste ich feststellen, wohin mich das gebracht hat. Ich konnte mich für nichts mehr begeistern. Wenn mir einmal ein Lächeln über die Lippen huschte, war es keins, das von innen kam. Weder Freude noch Trauer konnte ich verspüren und ich empfand mich nur noch als leere Silhouette. In meinem Kopf war nichts mehr und innerlich fühlte ich mich leer. Es kam mir vor, als hätte ich jeglichen Boden unter den Füßen verloren. Einfach nur noch allein und orientierungslos. Ich konnte aber auch mit niemandem darüber sprechen. Das lag nicht daran, dass ich keinen Redebedarf hatte; nein, den verspürte ich mehr als je zuvor. Doch ich wusste nicht, wem ich das anvertrauen sollte. Die Freundschaft mit Mira ist im Laufe der Zeit immer unstabiler geworden. Ich war nicht mehr die, mit der sie alles teilen wollte, und so wendete sie sich mehr und mehr von mir ab. Auch mit Tessa und Julia konnte ich nicht mehr viel anfangen. Die beiden klebten wie Kletten aneinander und da kam das altbekannte Problem auf. Bei dreien war eine zu viel.

Wenn ich mich dann beim Abendessen völlig verzweifelt an meine Eltern wenden wollte, wurde ich jedoch auch da falsch verstanden. Statt es als Hilferuf zu erkennen, wies mich meine Mutter nur damit ab, indem sie sagte, sie könne mein Gejammer nicht mehr hören.

Als ich völlig am Verzweifeln war, musste ich mir eingestehen, dass ich mir nicht mehr alleine zu helfen wusste. Nachdem ich mich im Internet informiert habe, wählte ich die Nummer einer Jugendpsychotherapeutin in unserer Stadt. Ich war am Ende. Allerdings war ich noch nicht bereit, mir das hundertprozentig einzugestehen. Ich legte auf. Ich konnte dort nicht anrufen. Ständig schwebten mir die Worte der Menschen meiner Umgebung vor. Meine Mutter zum Beispiel brachte kein Verständnis für psychische Krankheiten auf. Egal welcher Art, für sie waren sie alle krank und verrückt. Ich stellte mit Erschrecken fest, dass ich mich nur von anderen beeinflussen ließ. Ich hatte Angst davor, eigene Erfahrungen zu machen und mir meine eigene Meinung darüber bilden zu können, denn mich steuerten nur die Meinungen anderer. Ich konnte dort nicht anrufen aus Angst, andere könnten davon erfahren und sich darüber lustig machen. Tag für Tag beherrschten mich diese Gedanken, während ich 24 Stunden die Hölle durchlebte. Die Nummer der Jugendpsychotherapeutin lag jederzeit auf meinem Schreibtisch bereit. Fünf weitere Male wählte ich und legte kurz darauf auf. Es ging nicht. Ich war stark. Früher zumindest. War dieser Anruf ein Zeichen der Schwäche? Ich weiß es nicht. Ich informierte mich mehr und mehr über Depressionen, um herauszufinden, ob es sich bei mir um eine gewöhnliche Durchhänger-Phase handelte oder ob es tatsächlich eine Depression war. Das zu unterscheiden, ist allerdings nicht so einfach, da beides fließend ineinander übergeht und die Symptome nicht immer eindeutig sind. Ich konnte allerdings fast jedes der aufgelisteten Symptome abhaken, sodass sich mir die Gewissheit zeigte, dass ich tatsächlich eine Depression durchlebt haben musste. Der Grund dafür ist mir bis heute nicht klar, aber ich weiß, dass es wohl auch unter anderem daran lag, dass ich mich selbst viel zu arg unter Druck gesetzt habe, was anscheinend zu meinem Schul-Burn-out und auch der Depression geführt hat.

> *You've got the words to change a nation, but you're biting your tongue, you've spent a life time stuck in silence afraid you'll say something wrong. If no one ever hears it how we gonna learn your song?*
> *(Emeli Sandé)*

Ein paar Wochen später ging es wieder bergauf. Es ging mir nicht richtig gut, aber ich bemerkte, wie ich mich wieder veränderte. Ich ging abends das ein oder andere mal wieder weg, konnte sogar wieder auf andere zugehen und ich lachte. Ich erschrak das erste Mal, an dem ich plötzlich wieder etwas spürte, als ich lachte. Mir fiel ein Stein vom Herzen. Ich war kein Roboter mehr. Ich war wieder mehr als eine Silhouette.

Nicht meine Eltern und auch sonst niemand hat etwas davon mitbekommen. Ich war ganz allein. Daran hat sich nichts verändert. Doch zum Glück hatte ich jetzt noch genug Zeit, um für die Abschlussprüfungen zu lernen, wenn auch die Noten meines letzten Semesters im Keller waren. Ich habe mich in den letzten Wochen also hauptsächlich damit beschäftigt, die Lücken aufzuholen. Nach gewisser Zeit ließ natürlich die Motivation auch langsam nach, aber es lief schon besser als vorher. Die letzten Klausuren waren im März geschrieben, ab dann gab es nur noch ein Thema: Abitur. Ich bin unglaublich froh, wenn ich dieses Kapitel endlich abschließen kann. Drei Wochen und es ist so weit. Nächste Woche Dienstag beginnen die schriftlichen Prüfungen, danach eine Woche Pause bis zu den beiden mündlichen. Eine andere Sache, die mir vor ein paar Tagen in den Kopf gekommen ist, ist die Reise nach Amerika. Vor lauter Stress und leerem Kopf ist sie unbemerkt in den Hintergrund gerückt. Ich frage mich, ob das immer noch gilt. Aber ich kann ja nicht einfach zu Mira gehen, nachdem wir uns fast gar nicht mehr sehen, und sie fragen, ob das eigentlich noch aktuell ist. Nicht dass ich unbedingt den gesponserten Urlaub ausnutzen möchte, sondern weil wir schon so lange geplant haben, nach dem Abi eine Reise zu machen. Jeder hat etwas geplant und bei mir stand die USA-Tour schon auf dem Zettel. In diesem Moment klingelt mein Handy. Eine Nachricht von Mira.

Hi du (: ich wollte mal wegen Amerika nachhören.
Du gehst schon sicher mit, oder? :*

Ich muss grinsen und zugleich macht mich das traurig. Wie immer. Wir denken in den gleichen Momenten an die gleichen Dinge.

Ja steht das noch? Wenn ja, dann bin ich dabei! (:

Ich bin wirklich froh, wenn das funktioniert. So lange warte ich schon darauf, mal wieder hier rauszukommen.

Klar! Tickets sind gerade gebucht! Es gibt kein Zurück mehr. Egal ob wir bestehen oder nicht, o. k.? :D
Ich freu mich drauf! :*

Na, das ging ja schnell. Bestehen werden wir, denke ich, schon. Das mit meinem Schnitt konnte ich mir zwar schon aus dem Kopf streichen, aber ich habe mich damit arrangiert. Egal, wie meine Noten ausfallen, Hauptsache, ich bestehe und ich bin besser als Marlon. Die Spanne zwischen diesen beiden Kriterien ist allerdings ziemlich klein und ich denke, so zielsicher bin ich dann doch nicht, denn ich müsste richtig talentiert sein, um zwischen Marlons Abiturschnitt und die Nicht-Bestanden-Grenze zu kommen. Ein Kleid ist übrigens auch schon gekauft. Es ist das, das ich damals mit Mira entdeckt habe. Es war der Tag, an dem Nick aus der Türkei zurückgekommen ist. Ein paar Tage nachdem er mir gesagt hat, dass er mich liebt. Und an diesem Tag hat er mir auch mitgeteilt, dass er zum Probetraining für sein Stipendium muss. Je öfter ich jetzt über Nick und mich nachdenke, desto mehr frage ich mich, was das eigentlich zwischen uns war. Mittlerweile bin ich zu dem Entschluss gekommen, dass es doch nur körperliche Anziehung war und dass Neugier wohl das war, was uns beide so lange zusammenhielt. Wir sind vom Charakter her wie Tag und Nacht. Und trotzdem besiegte uns die Neugier, den anderen näher kennenzulernen. Die Worte, die damals für mich so bedeutungsvoll erschienen, sehe ich heute eher als Sehnsucht nach Nähe. Trotzdem, dass wir einiges zusammen erlebt haben, habe ich das Gefühl, nie komplett in die Nähe seines Herzens gekommen zu sein, als ob er das nicht gänzlich zulassen konnte oder wollte. Wenn ich das jetzt so sage, scheint es, als wäre alles nur ein Trost gewesen. Ich denke, für irgendwas war auch das gut. Es war nie für die Ewigkeit gedacht, dessen war ich mir schon auch bewusst, als wir zusammen waren. Sein Ruf war ihm vorausgeeilt und dennoch war ich aufgeschlossen und wir haben es miteinander versucht. Denn auf der anderen Seite träumte ich von unserem gemeinsamen Studentenleben und war der Meinung, dass man das bestimmt doch irgendwie hinbekommen kann, wenn der Wille groß genug ist. Die rosarote Brille war wohl noch drei Nummern zu groß, denn jetzt kann ich das Ganze schon distanzierter und objektiver betrachten. Trotz alldem glaube ich an Schicksal und Karma, und dass alles, was passiert, aus einem bestimmten Grund geschieht und dass mir das sicherlich auch etwas gebracht hat und keine weggeschmissene Zeit war. Die Wut auf ihn verringerte sich, je länger ich über diese Sache nachdachte, von Mal zu Mal.

Na ja, jedenfalls habe ich das Kleid in einem anderen Geschäft für einen geringeren Preis entdeckt und so war es keine Viertelstunde später gekauft.

Manche Leute glauben, Durchhalten macht uns stark.
Doch manchmal stärkt uns gerade das Loslassen.
(Hermann Hesse)

17. Juni 2017

Ich binde mir meine Haare zu einem unordentlichen Dutt zusammen. Der Wind weht heute ziemlich stark. Schnell ziehe ich mir meinen Pullover über das Top. Vor ein paar Wochen habe ich nach der Schule beschlossen, joggen zu gehen, um den Kopf vom Lernen freizubekommen. Ich jogge nicht besonders oft, weil ich immer Seitenstechen bekomme, egal was ich dagegen unternommen habe. Vielleicht ist gerade die Kondition das Problem. Doch eines Morgens bekam ich total Lust darauf und in den ersten Minuten genoss ich es richtig. Irgendwann setzte sich automatisch ein Bein vor das andere und ich wurde schneller und schneller. Meine Musik durchdröhnte mich in voller Lautstärke und verdrängte jegliche Gedanken aus meinem Kopf. Ich lief ganz allein im Wald. Keine Menschenseele weit und breit. Der Wind brauste gegen mein Gesicht, der Schweiß lief mir von der

Stirn. Eine Dreiviertelstunde habe ich durchgehalten, ich rannte so schnell wie nie zuvor. Als mich mein Seitenstechen wieder einholte und es so stark schmerzte, dass mein kompletter Bauchraum verkrampfte, musste ich abbremsen und ging ein Stück. Kurz bevor mir schwarz vor Augen wurde, rettete ich mich auf eine nah gelegene Bank. Mein Herz raste und meine Lunge konnte gar nicht genug Sauerstoff bekommen. Für ein paar Minuten saß ich regungslos da, bis sich mein Brustkorb wieder im normalen Rhythmus hob und senkte. Erst da begann ich die Umgebung zu registrieren. Die Bank stand direkt an der Waldlichtung. Mein Blick erhaschte eine gigantische Aussicht. Ich bin Ewigkeiten nicht hier gewesen und wenn, dann nur kurz mit meinen Eltern vorbeigelaufen. Aber ich stellte fest, dass mir dieser Platz unheimlich gut gefiel. Eine halbe Stunde saß ich auf der Bank und wartete den Sonnenuntergang ab.

Erst als ich mich aufraffte, den Heimweg anzutreten, kam mir der Gedanke, dass ich ja nun durch den Wald zurückmusste. Und das im Dunkeln. Nachdem ich ausgiebig durchgeatmet habe, bin ich deshalb auch wieder im Rekordtempo zurückgeeilt. Ich kam unbeschadet nach Hause und obendrein habe ich meinen neuen Lieblingsplatz entdeckt. Ich fand sogar noch einen anderen Weg, den ich dorthin gehen konnte, was ich dann nach meinen letzten Prüfungen auch ziemlich oft tat. Diese Woche bin ich bestimmt schon das dritte Mal hier. Ich glaube, dass dieser Platz mir bedeutend geholfen hat, wieder einen klaren Kopf zu bekommen. Aus welchen Gründen auch immer gab er mir enorme Kraft und die unglaubliche Aussicht verschaffte mir jedes Mal eine klare Sicht auf Dinge, die mich beschäftigten. Ich setze mich auf die Bank, mach es mir gemütlich und warte auf den Sonnenuntergang.

30. Juni 2017

Heute ist unsere Verabschiedung. Mein Abi habe ich zum Glück ohne Nachprüfung souverän geschafft und so sind mittlerweile auch die letzten vier Wochen wie im Flug vorübergegangen bis zum heutigen Tag, an dem wir uns ein letztes Mal in der Schule versammeln. Wehmütig denke ich an die letzten Jahre zurück. Schule war zwar nicht immer angenehm, aber doch hat sie jedem Tag einen Rahmen gegeben und die letzten zwölf Jahre bestimmt. Das macht mich schon ziemlich traurig, wenn ich daran denke, dass ich den ein oder anderen am Abiball in ein paar Tagen vermutlich das letzte Mal sehen werde. Alle zusammen werden nie mehr in dieser Konstellation zusammenkommen. Allerdings freue ich mich auch schon auf die Zeit danach. Es beginnt ein neuer Abschnitt meines Lebens. Auch wenn ich immer noch nicht weiß, wohin es mich verschlägt. Meine Bewerbungen habe ich bis heute noch nicht abgeschickt, weil ich jetzt erst einmal all das mache, was mir in den Sinn kommt. Denn schließlich ist jetzt die einzige Möglichkeit im Leben, das zu machen, worauf man Lust hat, weil man die Zeit dazu hat. Ich weiß ja noch nicht einmal, wie lange ich in Amerika bleiben werde. Und wer weiß, was sich danach noch ergibt. Ich habe auf jeden Fall beschlossen, dass ich mir keinen Stress machen werde. Einer Sache bin ich mir bisher sicher: Ich muss jetzt erst mal weg von hier. Abstand und ein wenig Abschalten tun sicherlich gut.

Ich schaue kurz auf meine Uhr: 17:15. Um sechs beginnt die Veranstaltung. Wie ich meine Eltern kenne, müssen wir bestimmt schon wieder um halb sechs los, damit wir rechtzeitig da sind, auch wenn wir innerhalb von fünf Minuten mit dem Auto dort sind. Nachdem es aber Standard in unserer Familie ist, dass wir nie pünktlich zum ausgemachten Zeitpunkt fertig sind, wird es sowieso bis viertel vor sechs dauern, bis wir unser Haus verlassen. Ich schnappe mir meine Tasche und gehe die Treppe hinunter. Mama und Papa rennen noch eilig zwischen Bad und

Schlafzimmer hin und her, denn sie sind erst vor Kurzem von der Arbeit nach Hause gekommen. Es klingelt. Da ich gerade noch im Flur stehe, drehe ich mich um und öffne geschwind die Haustür. Vor mir stehen Marlon und Katharina. Ich empfange die beiden mit einem breiten Grinsen. Vor zwei Wochen haben sie angerufen und sich entschuldigt, dass sie heute nicht kommen können, weil sie in den Urlaub fahren, und das schon länger geplant hätten. Es klang wirklich glaubhaft, aber an ihren Blicken erkenne ich gerade, dass es diesen Urlaub wohl nie gab, stattdessen wollten sie sich nur einen Scherz daraus machen. Das war bestimmt Marlons Idee. Wie allzu oft liebt er es noch immer, mich an der Nase herumzuführen.

„Man, ihr seid doch echt blöd!" Wir lachen. Meine Laune ist heute wirklich großartig.

Gemeinsam machen wir uns auf den Weg zur Schule. Am Schultor warte ich dann pünktlich wie ausgemacht auf Mira. Ich entdecke sie auf der anderen Straßenseite ein paar Meter entfernt, an einer Ampel wartend. Als sie näher kommt, erkenne ich die Personen, die sie begleiten. Es sind natürlich ihr Vater und Rosi. Sie hat sich ja so gefreut, als Mira sie zur Verabschiedung und zum Ball einlud. Neben Miras Vater läuft allerdings noch eine zweite Frau. Maria, Nicks Mutter. Anscheinend sind die beiden wirklich zusammen. Und plötzlich zittern meine Knie. Neben Mira geht Nick. Er sieht besser aus, als ich ihn in Erinnerung hatte. Das liegt entweder an dem intensiven Training oder an dem unglaublich gut geschnittenen Anzug, den er trägt. Aber das letzte Mal, als wir uns gesehen haben, liegt ja mittlerweile auch schon ein halbes Jahr zurück.

Nachdem ich Dietrich und Rosi begrüßt habe, ist Mira mit einer großen Umarmung an der Reihe. Wir haben uns nun auch schon wieder ein paar Tage nicht gesehen. Und dann stand er direkt vor mir.

„Hi." Man glaubt es kaum, aber er sieht auch nervös aus.

„Hi." Für einen Moment wissen wir beide nicht genau, was wir machen sollen. Verlegen schauen wir uns an und wir machen beide einen Schritt aufeinander zu. Eine Umarmung schadet be-

stimmt nicht. Ich erwische mich dabei, wie ich diese Nähe zu ihm schon wieder ungewöhnlich angenehm finde. Als sich die Umarmung löst, gleiten seine Arme langsam meinen Rücken hinunter. Es war wie damals. Es fühlte sich immer so gut an, fast als würde er zögern, mich aus seiner Umarmung gehen zu lassen. Seine Worte reißen mich aus meinen unangebrachten Gedanken. „Herzlichen Glückwunsch zum bestandenen Abitur."
„Danke schön."
Mira schaltet sich dazwischen. „Wollen wir rein? Es fängt gleich an."
Wir nicken beide gleichzeitig und deshalb bewegen wir uns gemeinsam nach drinnen.
Der letzte Moment verwirrt mich ein wenig. Sein Blick hatte sich wie eine Ewigkeit angefühlt. Meine Beine schienen schwer geworden zu sein, aber gleichzeitig zitterten sie ununterbrochen. Überraschenderweise gelang es mir dennoch, sie in diesem Zustand in Bewegung zu setzen, und wir laufen in die Aula. Nick entdeckt seine Freunde und verlässt uns für einige Minuten. Mira weiß, dass sie mir eine Erklärung schuldet, und sobald er außer Sichtweite ist, beginnt sie auch damit: „Hör zu, das war so: Papa und Maria haben ja schon länger was, nur haben sie sich vor einem Monat getrennt. Deswegen dachte ich, das Ganze sei nicht erwähnenswert. Diese Woche ist sie jedoch nicht nur wieder zurückgekommen, sie ist gleich eingezogen. Nick war auch noch nicht ein einziges Mal bis dahin ein Gesprächsthema. Jedenfalls sind Papa und Maria jetzt verliebter als je zuvor und deswegen durfte sie natürlich heute mit. Nick hat wohl gerade Semesterferien und er wollte sowieso zum Abiball kommen, weil seine ganzen Freunde ja auch hier sind. Jetzt ist er aber auch noch ungeplant gestern schon gekommen und dann hat er beschlossen, heute auch mitzugehen. Ich wollte dir das nicht sagen, weil wir uns doch so auf das hier gefreut haben. Ist es schlimm?" Sie schaut mich betroffen an.
„Ach so, okay. Nein, ist es nicht."
„Echt nicht?" Ein erstaunter Blick trifft mich von der Seite.
„Nein, ich habe kein Problem damit." Das war wirklich ernst gemeint. Kein Hass, keine Wutausbrüche, nichts. Ich freu mich

ehrlich ihn wiederzusehen und zu wissen, dass es ihm gut geht. Ich schiele zu ihm hinüber. Da werden sogar die Jungs einmal sentimental und freuen sich unglaublich über ihr Wiedersehen. Nick schaut einen kurzen Augenblick zu uns herüber und ich sehe betroffen in eine andere Richtung. Ich sehe, dass er überlegt, zu wem er sich setzen soll. Maria hat ihm natürlich einen Platz reserviert, jedoch müsste er dann die ganze Zeit neben Mira und mir sitzen. Wenn er sich aber zu seinen Kumpels setzt, ist seine Mutter vielleicht sauer. Die Aula füllt sich nach und nach mit Abiturienten, deren Freunden und Verwandtschaft. Kurz bevor unser Direktor die Bühne ansteuert, huscht Nick tatsächlich wieder zurück auf den für ihn vorgesehenen Platz zwischen Mira und Maria. Mira sieht vorsichtig zu mir herüber. Sie glaubt wohl immer noch nicht, dass mir das nichts ausmacht. Nach etlichen Reden vieler wichtiger Personen im Anzug und unserem Schülersprecher geht es endlich an die Zeugnisvergabe. Wie oft haben wir über den Moment geredet, in dem wir unser Abschlusszeugnis endlich in den Händen halten. Vorausschauend haben Mira und ich uns dazu natürlich Gedanken zu den peinlichsten Situationen gemacht, die uns passieren könnten. Zum Beispiel auf dem Weg die Stufen hinauf- oder hinunterfallen oder vergessen, in welche Richtung man die Bühne verlassen soll, wie uns vorher erklärt worden ist. Solche Dinge. Nach einer gefühlten Ewigkeit ist Mira an der Reihe. Das Publikum wird schon langsam müde vom durchgehenden Klatschen seit dem ersten Abiturienten. Sie geht nach vorne, bekommt das Zeugnis in die Hand gedrückt, die andere vom Direktor geschüttelt, und das war es auch schon. Es ist alles problemlos abgelaufen. In diesem Moment bemerke ich einen Blick von rechts. Ich schaue kurz dorthin und zucke zurück. Da Mira noch auf dem Weg ist, ist der Platz zwischen uns beiden unbesetzt und deshalb auch freies Blickfeld. Er hat mich angeschaut. Und das nicht unauffällig. Ich schiele noch einmal kurz hinüber. Ich glaube, es ist ihm ein wenig peinlich, dass ich ihn erwischt habe. Mira lässt sich wieder zwischen uns fallen. „Geschafft!" Wir grinsen uns an. Ich bin noch ein bisschen nervös. Gleich bin ich an der Reihe. „Lelia Ninon Schumann!"

Und da ist er schon. Der Name. So erfahren meine Mitschüler also am letzten offiziellen Tag meinen richtigen Namen. Ich stehe auf und finde meine Annahme tatsächlich in den verwirrten Blicken meiner Mitschüler bestätigt. Ich nehme mein Zeugnis entgegen, schüttle die Hand meines Direktors, bedanke mich und gehe nach rechts ab. Für einen kurzen Augenblick hänge ich mit meinem Schuh am Kleid fest, allerdings löst er sich beim nächsten Schritt sofort wieder. Peinlichkeiten bleiben uns heute also doch erspart. Als ich zurückgehe, sehe ich die stolzen Blicke meiner Eltern. Sogar Marlon lächelt mich nett an. Ich setze mich wieder auf meinen Platz neben Katharina und Mira. Ich drehe mich zu meiner Freundin. Sie strahlt mich über beide Ohren an. Jetzt sind wir frei. Nachdem alle Abiturienten ihr Zeugnis erhalten haben und unendlich viele Fotos von übereifrigen Eltern geschossen wurden, gehen alle nach draußen in den Pausenhof. Heute wird noch ein wenig gefeiert, aber nicht zu viel, denn morgen starten die Vorbereitungen für unseren Abiball, und das sollte keiner wegen eines heftigen Katers verpassen. Eltern und Verwandte verabschieden sich nach und nach bis nur noch die Abiturienten und einzelne Freunde hier sind. Die hübsch geschmückte Mensa räumen wir kurzerhand bis auf das Buffet aus und schließen die Anlage an. Die Stimmung ist unbeschreiblich gut. Es ist, als ob man alle Steine von den Herzen hat fallen hören, als jeder sein Zeugnis endlich in der Hand hatte. Ich nehme mein Sektglas in die Hand, gehe nach draußen und lehne mich ans Geländer.

„Lelia Ninon also …"

Ich drehe mich erschrocken zur Seite. Nick.

„Ja, so ist das." Ich atme tief durch. „Schau mich nicht so an, ich bin nicht dafür verantwortlich."

„Nein, ich finde, das passt zu dir." Er lehnt sich ebenfalls ans Geländer.

„Was soll denn das heißen?" Ich sehe ihn fragend an.

„Er ist besonders. Genau wie du."

Wärme steigt in mir hoch. Das muss am Sekt liegen. Da mir absolut keine Antwort darauf einfällt, grinse ich ihn nur verlegen an.

„Wie geht's dir so? Was macht das Stipendium?"
„Alles gut so weit. Ist richtig anstrengend, aber es ist wirklich toll und macht unglaublich viel Spaß."
„Das freut mich für dich." – Stille.
„Leni, ich habe so gehofft, dass ich dich irgendwann noch einmal sehen kann."
Stark bleiben, Leni. Durchatmen. Er hat getrunken. Mach ihm kein leichtes Spiel. Er muss herausgefordert werden.
„Hier bin ich."
„Ich habe so oft überlegt, ob ich dir schreiben soll."
„Hast du aber nicht."
„Du siehst so unglaublich hübsch aus heute. Also nicht nur heute. Du bist so toll und schön wie immer." Ich verdrehe die Augen und muss lächeln. Nicht dieses Komplimentes wegen, sondern aufgrund dieser absurden Situation. Ich weiß noch nicht, was ich davon halte oder wohin das führen soll.
„Danke. Dein Anzug steht dir auch nicht schlecht."
Ich grinse ihn an, wende mich zur Seite und gehe nach drinnen zum Buffet. Auf dem Weg dorthin gehe ich die Situation wieder und wieder durch. Was war das? Seine Stimme hatte etwas Geheimnisvolles, als ob er mir etwas zu sagen hatte. Sie klang wie damals, ein bisschen neckend, ein bisschen herausfordernd und immer mit einem gewissen Unterton. Ein Unterton, bei dem die Schmetterlinge in meinem Bauch immer wacher wurden. Ich verbiete mir diese Gedanken weiter zu analysieren. Ich habe mein Abi in der Tasche. Darum bin ich hier, und das will ich feiern. Ich tanze durch die Menge und halte Ausschau nach Mira. Das erste Aufeinandertreffen ist sicherlich mit einem gewissen Risiko verbunden, aber dafür ist es richtig gut gelaufen. Und irgendwie bin ich stolz darauf, dass ich ihn relativ kalt habe abblitzen lassen. Keine großen Gefühlsausbrüche oder dummes Stottern, ich habe das eigentlich ganz gut gemeistert. Ich bin über Nick hinweg.

03. Juli 2017

Es ist ziemlich spät geworden die letzten Tage. Wir haben getanzt, gelacht, bis in die Morgenstunden gefeiert und nach dem Ausschlafen wieder von vorne begonnen. Wir haben einfach unsere letzte gemeinsame Zeit genossen. Heute ist endlich der Tag gekommen, den man sehnsüchtig erwartet hat. Der Abiball. Die Mädels und ich, wir haben den Tag schon früh gestartet. Nach einem Brunch sind wir alle zusammen zur Maniküre und Pediküre gegangen. Normalerweise überhaupt nicht mein Ding, solche Sachen halte ich für überflüssig, aber heute nicht. Heute ist kein Tag wie alle anderen. Nachdem auch dieser Programmpunkt abgehakt war, ging es in den Saal, in dem wir feiern werden. Die gesamte Jahrgangsstufe half beim Dekorieren und Eindecken, Technik aufbauen und allem anderen, was noch erledigt werden musste. Wir lagen gut in der Zeit und so haben wir es uns dann beim Frisör mit zahlreichen Sektflaschen gemütlich gemacht. Im Gegensatz zu den letzten Prüfungstagen war das ein wahres Paradies. Jetzt bin ich wieder zu Hause und habe die letzte entscheidende Vorbereitung getroffen. Das Kleid, das ich nun einige Wochen nur eingepackt betrachtet habe, wird aus seiner Folie befreit und strahlt mich in seiner vollen Pracht an. Es wird ernst. Mama hilft mir beim Verschließen des Reißverschlusses und dann ist es auch schon vollbracht. Meine Laune steigt von Minute zu Minute, und als es dann endlich zum Auto geht, kann ich es kaum erwarten. Klar, einige werde ich vielleicht heute zum letzten Mal sehen oder ihnen erst in ein paar Jahren über den Weg laufen. Aber ich bin froh darum. Ich bin frei. Die letzten Wochen war ich es wirklich leid, mit manchen Leuten meine Zeit zu vergeuden. Ich habe mir nach meinem Abi einige Gedanken darüber gemacht, wie viel Zeit man eigentlich mit den falschen Menschen verbringt, die einem nicht das geben, was man bräuchte oder was man selbst auch investiert. Eine gesunde Beziehung, sei es Freundschaft oder etwas anderes, beruht einfach auf Gegenseitigkeit. Und damit auch die Energie, die man in sie investiert, und was man bereit ist, für die andere Person aufzugeben. Ich habe es bei Nick gemerkt, dass ich mehr an ihm hing als er an mir. Und dass ich, ohne lang zu zögern, bedingungslos viel für ihn getan hätte. Das lag daran, dass ich in unserer Zweisamkeit immer wieder diese magischen Momente gespürt habe, die mich in dem Glauben ließen, dass dieser Mensch etwas Besonderes ist und mir mehr als jeder andere gibt. Letzten Endes war das ja nicht der Fall. Aber auch über meine ganzen Bekanntschaften und Freundschaften, die ich die Jahre über geschlossen habe, habe ich mir Gedanken gemacht und bin zu dem Entschluss gekommen, dass es an der Zeit ist, auszusortieren. Ich habe mein Leben in der Hand und ich bestimme, mit wem ich es genießen will. Ich habe mich so oft nicht wohlgefühlt in meiner Haut, aber das liegt auch an den Personen im Umfeld. Sie haben enormen Einfluss auf einen selbst und man selbst bestimmt, wie sehr einen dieser Einfluss in seiner Selbstverwirklichung einschränkt. Ich habe festgestellt, dass nicht nur ich mir selbst, sondern auch einige andere Personen mir im Weg standen, und nun ist es endlich an der Zeit, etwas dagegen zu unternehmen. Ich weiß zwar noch nicht genau, wohin mich diese Reise in den nächsten paar Monaten führt, aber ich bin unglaublich gespannt darauf. Ich will das Bisherige nicht schlecht reden, es waren auch unvergessliche Momente dabei und auch fantastische Menschen, die ich nie missen möchte. Und dieses Kapitel bekommt nun ein glanzvolles Ende, ganz wie es das verdient.

Es ist mittlerweile schon nach Mitternacht. Einige Eltern sind schon nach Hause gegangen und der Saal wird von uns immer mehr als Tanzfläche erobert. Es war wirklich ein unvergesslicher Abend, die Stimmung war ausgelassen, das Essen schmeckte unfassbar gut, alle sahen so edel in ihren Abendkleidern aus, was natürlich mit unzähligen Fotos festgehalten worden ist. Nachdem bei uns aber schon den ganzen Tag lang Alkohol geflossen ist, kostete es mich enorm viel Konzentration, meinen Eltern noch in die Augen zu schauen und brav zu nicken, als sie sich von mir verabschiedeten. Unser Stufensprecher greift zum Mikrofon und bittet uns alle nach draußen auf den Balkon zu gehen. Das Abschlussfeuerwerk steht an. Ich unterhalte mich noch kurz mit ein paar Mädels aus meinem ehemaligen Deutschkurs, als mir auffällt, dass ich Mira schon länger nicht mehr gesehen habe. Ich drehe mich um und begebe mich in der Menge auf die Suche nach ihr oder einem anderen bekannten Gesicht wie Tessa und Julia. Auf einer Stufe stolpere ich über mein Kleid. Ob das nun am Kleid, an den Schuhen, an der Dunkelheit oder vielleicht doch am Alkohol lag, weiß ich nicht mehr. Allerdings retten in letzter Sekunde zwei Arme mein Gesicht vor dem Steinboden, während meine eigene Reaktionsfähigkeit schon nachgelassen hat. Ich grinse schräg nach oben und hauche ein „Huch" zu den Armen. Als mein Gegenüber zurücklächelt, erkenne ich, wer mich aufgefangen hat. Wer auch sonst. Sein Lächeln strahlt sogar noch in der Dunkelheit, dass ich es aus jeder Entfernung erkennen würde.

„Oh, 'tschuldigung", ich schaue schnell nach unten, ob mein Kleid etwas abgekommen hat.

„Alles gut bei dir?" Er sieht tatsächlich etwas besorgt aus.

„Ja, da war eine Stufe. Es ist dunkel und da war die Stufe."

Er lacht nur. Oh Mann, Alkohol und Nick waren keine gute Mischung. Ich krieg kein sinnvolles Wort mehr heraus. „Hast du Mira, Tessa oder Julia gesehen?"

„Ne, schon länger nicht mehr, tut mir leid."

„Mhm, ich weiß auch nicht, ich finde sie nicht mehr." Meine Augen werden ganz groß. Das Feuerwerk startet. Ich liebe es, Feuerwerke anzusehen, und bahne mir den Weg näher zum Geländer, damit ich es besser sehe und nicht nur Köpfe über mir habe. Nick folgt mir. Und so kommt es nun, dass wir, ohne ein Wort zu sagen, nebeneinanderstehen und das Feuerwerk anschauen. Aber ich merke, dass sein Blick immer wieder zur Seite huscht. Ich grinse ihn an und er fühlt sich ertappt.

Er legt seinen Arm um mich. Ich weiß nicht, wie ich reagieren soll. Ich finde es nicht unangenehm, aber ich weiß nicht, was ich machen soll. Also wende ich mich ihm zu und lege meine Arme auch um ihn.

Nichts schuf engere Vertrautheit als Schweigen.
(Graham Greene)

Da stehen wir nun, aneinandergeschmiegt, minutenlang. Eigentlich will er mich auf den Mund küssen, aber ich drehe mich ein wenig weg und so landet er auf der Wange. In diesem Augenblick genieße ich einfach nur seine Nähe. Wie unglaublich ich das vermisst habe. Weder er noch ich sagen auch nur ein Wort. Mein Kopf liegt an seiner Brust, wie sie sich hebt und senkt. Ich beginne schon wieder zu zittern. Ich umarme ihn einfach nur ganz fest. Einige Minuten später schaue ich ihn an. Tief in die Augen. Ich bin leicht verwirrt, was meinen Gefühlszustand angeht. Ich weiß nicht, ob ich das gerade tatsächlich will. Und es gibt nur einen Weg, es herauszufinden. Schon ist es passiert. Ich habe ihn geküsst. Er scheint genauso erstaunt darüber zu sein wie ich, aber er küsst mich zurück. Kurz darauf wende ich meinen Kopf wieder ab und lehne mich an seine Schulter. Ich schaue in die andere Richtung. Was mach ich hier nur? Es fühlt sich weder falsch noch richtig an. Aber ich muss es wissen. Wir küssen uns noch einmal. Es ist intensiv und unglaublich schön. Die Schmetterlinge sind wieder ausgebrochen. Alle anderen laufen an uns vorbei und schauen ein wenig verwirrt und erstaunt, als sie uns sehen.

„Leni, kommst du mal bitte?"

Ich reiße erschrocken meine Augen auf. Julia steht hinter Nick mit riesengroßen fragenden Augen.

Völlig verdutzt folge ich meiner Freundin. Das, was ich tat, war total unbedacht. Ich schaue Nick nicht einmal mehr an und gehe stur an ihm vorbei. Drinnen angekommen, vollkommen verwirrt, gehe ich die eben vorgefallene Situation wieder und wieder durch. Ich finde keinen Fehler. Genauso wenig aber einen Grund oder ein Anzeichen dafür, dass es so weit gekommen ist. Julia reißt mich erneut aus meinen Gedanken: „Was war das denn eben?" Sie wartet nicht einmal meine Antwort ab. „Na ja, tut mir leid, dass ich dich bei deinem was-auch-immer gerade gestört habe, aber du musst unbedingt mitkommen. Wir bekommen

Mira nicht mehr von der Toilette herunter, sie hat es wirklich übertrieben. So betrunken war sie lange nicht." Ich verdrehe die Augen. Das darf nicht wahr sein. Wir haben uns schon lange nicht mehr so amüsiert wie heute und jetzt das. Nicht dass mich das mit dem Alkohol nervt; was das angeht, hat sich meine Einstellung komplett geändert. Die Wochenenden des letzten halben Jahres verbrachten wir immer öfter mit Diskothekenbesuchen, vielen Feiern und noch mehr Alkohol. Damit verbunden ergaben sich wirklich einige witzige Situationen und Geschichten, über die wir uns Wochen danach noch amüsieren konnten. Das heute sollte aber keine Geschichte werden, über die wir gemeinsam lachen konnten. Ich frage mich wirklich, wie es dazu kommen konnte. Ihr ging es doch nicht allzu schlecht. „Mira?" Als ich in der Toilette ankomme, finde ich Tessa in einer Ecke sitzen, hoffnungsvoll aufschauend, während Mira in der Kabine zu sein scheint. Ich schaue um die Ecke. Sie kniet vor der Schüssel. „Hi, was ist los? Mira, was hast du gemacht?"

Sie schaut mich verwirrt an und ich setze mich neben sie. „Ich kann's dir nicht sagen, ich weiß es nicht." Sie übergibt sich und ich drehe mich angewidert weg, damit ich meinen Kopf nicht gleich nebenan über die Schüssel halten muss. Tessa steht vom Boden auf: „Wir holen mal eine Flasche Wasser." Julia nickt zustimmend und schon fällt die Tür hinter ihnen ins Schloss. Kaum ist das geschehen, löse ich schlagartig meinen Blick von der Tür zurück zu Mira. Von ihr kommt ein merkwürdiges Geräusch. Sie schnieft.

„Was hast du denn? Ist alles o.k., brauchst du sonst noch was?" Ich rücke wieder ein Stück näher an sie heran.

„Ich bin so eine schlechte Freundin, es tut mir so leid, Leni ...", sie schnieft erneut. „Ich wollte das nicht, wirklich nicht ... es kam alles ganz anders, als es geplant war ... ich bin aber auch so dumm ..." Verstanden von dem, was sie da von sich gelassen hat, habe ich zwar noch nichts, dennoch nehme ich sie ganz fest in den Arm.

„Jetzt beruhig dich doch erst mal. Ich kann dich doch gar nicht verstehen, wenn du so weinst. Was hast du denn Furcht-

bares gemacht." Ich grinse ein bisschen in mich hinein. Betrunkene Menschen sind in einem bestimmten Stadium wirklich sehr amüsant. Eine betrunkene Mira kann man aber bei ihrem Gefasel nicht mehr ernst nehmen.
Plötzlich wird sie allerdings sehr ernst: „Nein, wirklich. Ich habe lange genug auf einen passenden Moment gewartet, aber der kam nie. Ich denke, dafür gibt es keinen passenden Moment. Nur weil ich so gedankenlos war, ist es doch überhaupt erst so weit gekommen. Dabei wollte ich das doch nicht."
„Mira, was redest du denn da? Ich versteh immer noch nichts."
„Nick ... ich hätte das nicht tun sollen. Das war ja irgendwie vorher abzusehen."
Ich fühle mich ertappt. Wusste sie vorher, dass wir beide uns heute wieder etwas näherkommen würden, und das bereute sie jetzt?
„Hör zu, da ist wirklich nichts mehr. Unser Kuss hat nichts bedeutet. Ich habe mir keine Gedanken darüber gemacht."
„Was denn für ein Kuss?" Sie sieht mich verwirrt an. Langsam dämmert es ihr: „Heute? Hier? Vorhin? Nick und du?" Sie scheint positiv überrascht zu sein.
„Oh, war das nicht das, worüber du reden wolltest?" Was war denn dann mit Nick ... Ich ahne Böses.
„Wenn nicht Nick und ich, dann doch nicht etwa Nick und du? Hattest du etwa was mit ihm?"
„Ich muss von vorne anfangen, Leni. Das mit Nick und dir, das tut mir so leid, dass das so enden musste. Aber es hat nie aufrichtig beginnen können."
„Wie soll ich das denn jetzt verstehen? Ich habe ihm doch nichts vorgemacht."
Plötzlich sprudelt es aus ihr heraus: „Das meine ich auch nicht. Als ich aus Amerika gekommen bin, wusste ich schon, dass ihr zusammen seid. Von ihm. Er hat doch Verwandte drüben und war in den Ferien in den USA. Da haben wir uns eigentlich total zufällig getroffen und da hat er mir erzählt, dass er auf dich steht. Seitdem waren wir Monate in Kontakt, bis ich hier war und seitdem hat er mich immer wieder um Rat gebeten, wenn

er nicht wusste, wie er das mit dir ins Laufen bringen sollte, und auch später, wenn er etwas verbockt hat, habe ich ihm den Tipp gegeben, wie er es wiedergutmachen konnte. Wer kennt sich schon besser aus mit dem, was du liebst, als deine beste Freundin? Aber das Problem war, dass ich selbst angefangen habe, ihn toll zu finden. Und ich konnte es nicht mit ansehen, wie ihr beide so glücklich miteinander wart, während ich allein als das überflüssige fünfte Rad am Wagen immer weniger beachtet wurde. Aber ich wusste, dass du Abschiede nicht sonderlich magst, und dann habe ich den riesigen Fehler gemacht und Nick mühsam davon überzeugt, dass er sich besser nicht von dir verabschieden sollte, als er zu seinem Stipendium gegangen ist. Ich habe mich so vernachlässigt gefühlt. Und ich war eifersüchtig auf euch. Du hast einfach alles gehabt. Du hast den tollsten Freund, den man haben kann, und was war mit mir? Ich war einfach nur noch überflüssig und allein. Die Party bei mir zu Hause, die für mich mit der Alkoholvergiftung ausging, weißt du noch? Ich habe versucht die Gefühle für Nick zu verdrängen. Oder besser: sie zu ertränken und die Situation endlich zu akzeptieren. War nicht meine beste Idee. Nachdem Nick dann schon nicht mehr hier war, war er aber total verzweifelt, dass er alles zwischen euch aufgegeben hat. Ich war für ihn da und habe ihn getröstet. Er war verzweifelt und betrunken und ich habe in diesem Moment nicht nachgedacht und dann ist es passiert."

Jetzt bin ich stutzig. Damit habe ich jedenfalls nie gerechnet. „Du hast was? Das ist doch nicht wahr?! Spinnst du?" Ich schlucke ein paarmal, als ob ich damit die eben gehörten Worte schneller verdauen könnte. Dazu wird es wohl nicht kommen. Ich sehe sie verdutzt an. Sie wusste eigentlich alles. Jederzeit. Nicht nur meine Geschichten, sondern auch seine Ansichten – und die ein oder andere Information, die mir entgangen ist. Ich lag im Krankenhaus, weil mich die ganze Geschichte mit seinem plötzlichen Verschwinden so überrumpelt hat, und sie saß still neben mir und tat immer total überrascht. Ich frage mich wirklich, ob das damit etwas zu tun hat, dass wir uns so lange nicht mehr gesehen haben, denn nun ist sie mir völlig fremd. Ich wusste nicht, was ich fühlen sollte. Sie hat mir seit einem Jahr nur etwas vorgespielt. Enttäuschung, Verfremdung, Leere und Verwirrtheit zugleich breiten sich in mir aus und trotzdem scheint einiges nun Sinn zu machen. Wie in Trance stehe ich auf und gehe aus der Toilette hinaus.

„Leni! Wohin gehst du? Es tut mir wirklich leid!" Die Tür fällt hinter mir zu. Ich brauche frische Luft, und zwar dringend. Ein kalter Wind erwischt mich von der Seite. Im Raucherbereich halte ich noch einmal kurz Ausschau nach bekannten Gesichtern. Weder Nick noch Tessa und Julia sind zu sehen. Gerade dann, wenn ich meine Freundinnen bräuchte. Ihn vielleicht nicht in diesem Moment. Ich laufe schnell um die Ecke. Es ist stockdunkel, aber von hier aus hat man einen unglaublichen Ausblick auf die ganze Stadt. Deren Lichtermeer und die unzähligen Sterne am klaren Himmel machen die Dunkelheit ein wenig erträglicher. Doch auch das hält meinen Gefühlsausbruch nicht länger zurück. Die ersten Tränen rollen über meine Wange. So hatte ich mir meinen Abend nicht erhofft. Ich kann nicht glauben, dass das alles vorgespielt war, und vor allem was war denn dann überhaupt echt mit Nick gewesen? Und was hat sich Mira dabei nur gedacht? Ich komme mir plötzlich so bescheuert vor. Wieso habe ich davon nichts bemerkt? Sie beide haben mich hintergangen. Die zwei, die mir am meisten bedeutet haben. Wie ferngesteuert tragen mich meine Füße automatisch nach Hause.

Alles, was wir hören, ist eine Meinung, keine Tatsache.
Alles, was wir sehen, ist eine Perspektive, nicht die Wahrheit.
(Markus Aurelius)

„Leni, bist du das?" Eigentlich wollte ich ganz leise ins Haus schleichen und dann einfach schnell in mein Zimmer abhauen. Normalerweise ist der Fernseher immer so laut, dass das keiner mitbekommt. Doch einmal, wenn man eine Deckung bräuchte, funktioniert das natürlich nicht. Also Plan B.

„Jaaa, ich bin's!", schreie ich durch den Flur. Ich schleudere meine Schuhe aufs Schuhregal und genieße die Freiheit meiner Füße. Nachdem auch mein Blazer seinen Platz an der Garderobe bekommen hat, gehe ich ins Wohnzimmer.

Dort sitzt meine Mutter auf einem Sessel, der das einzige Möbelstück ist, das wir aus unserer alten Wohnung mitgenommen haben. In der letzten Woche des vorigen Schuljahres begannen wir mit dem Umzug, doch noch bis heute stehen zig Kartons im Haus herum. Ich steige über einen Karton, der mit „Bücherreihe: die Geschichte Deutschlands Teil 1" beschriftet ist. Mein Vater ist Hobbyhistoriker und hat daher eine Menge Bücher und Dokumentationen über die gesamte Weltgeschichte. Es gibt meiner Meinung nach keine geschichtliche Frage, die er nicht beantworten kann. Mein Bruder und ich litten ziemlich oft darunter, wenn wir in Geschichte etwas nicht wussten und mit einer schlechteren Note als 2 nach Hause kamen. Deshalb wollte mein Vater auch, dass ich etwas „Brauchbares" studiere und nicht Modedesign oder Architektur. Schon lustig, wenn das jemand von sich gibt, der eigentlich Automechaniker und kein Historiker ist.

„Hi, Kleine, was machst du denn schon hier? Ist etwas passiert?", fragt sie mich, als sie mich von oben bis unten mustert.

„Ne, alles in Ordnung. Mir ging's nur nicht so gut. Zuerst hatte ich Kopfschmerzen und dann sind mir die Häppchen am Buffet nicht bekommen. Was schaust du denn da?", lenke ich auf das TV-Programm ab. Ich bemerke, ohne sie anzuschauen, dass sie zögert und sich überlegt, ob sie nachhaken soll, was gewesen ist, weil sie meine Ausrede auch nicht hundertprozentig überzeugend findet. Allerdings beschließt sie mich in Ruhe zu lassen, wofür ich ihr sehr dankbar bin, denn sonst wären mir die Tränen gleich wieder die Wangen hinuntergerollt. „Ich schaue eine deiner DVDs, wenn es dir nichts ausmacht. Im Programm läuft nichts Interessantes und du warst nicht da, dass ich dich hätte fragen können, ob du mir erlaubst deine neue DVD anzusehen."

„Ach, passt schon, bin noch gar nicht dazugekommen, sie anzuschauen", antworte ich und füge hinzu, um nicht vielleicht doch noch auf das Thema angesprochen zu werden, dass ich müde bin und in mein Zimmer gehe. Mama nickt nur und widmet sich wieder ihrer Serie. Ich bin mir sicher, sobald ich außer Sichtweite bin, wird sie ins Schlafzimmer rennen, Papa wecken und ihre Sorgen erzählen, dass ich mich merkwürdig benommen habe. Das habe ich schon öfter erlebt. Sie macht sich nämlich auch immer zu viele Gedanken über jede Sache, die ihr komisch vorkommt. Dann analysiert und zerlegt sie jede Situation, bis ihr plötzlich alles viel schlimmer vorkommt, als es eigentlich ist. Das ist manchmal echt nervig. Jedoch noch schlimmer ist, dass sie diese Macke an mich vererbt hat.

Im Flur stolpere ich noch einmal über einen Umzugskarton und taste mich dann die Treppe hinauf ins Obergeschoss. Hier ist alles noch so ungewohnt. Bevor wir hierhergekommen sind, kannte ich mich überall zu Hause im Dunkeln aus. Doch hier renne ich gegen alles, was im Weg steht. Kaum habe ich die Tür hinter mir geschlossen, schießen mir erneut Tränen in die Augen. Noch nie kam ich mir so verraten vor. Ich weiß gar nicht, auf wen ich wütender sein sollte. Das Kapitel Nick war eigentlich abgehakt und sollte auch nicht mehr neu geöffnet werden. Den heutigen Kuss ausgenommen, wollte ich nichts mehr mit ihm anfangen. Ich wollte nach vorne schauen, das war für mich eine Sache der Vergangenheit.

Everyone says love hurts, but that is not true. Loneliness hurts. Rejection hurts. Losing someone hurts. Envy hurts. Everyone gets these things confused with love, but in reality love is the only thing in this world that covers up all pain and makes someone feel wonderful again. Love is the only thing in this world that does not hurt.
(Meša Selimović)

„Du hast einfach alles gehabt. Du hast den tollsten Freund, den man haben kann, und was war mit mir? Ich war einfach nur noch überflüssig und allein." Was in aller Welt hat sie sich dabei gedacht? Das kann doch nicht wahr sein. Was sollte nichts bringen?

Ein unerwartetes Tschüs wäre mir noch wesentlich lieber gewesen als ein wortloses Verschwinden. Wenn es etwas gibt, was ich wirklich hasse, dann ist es die Tatsache, dass Entscheidungen über meinen Kopf getroffen worden sind und ich diese nicht mehr beeinflussen kann, unabhängig davon, ob ich vorher jemals deren Auswirkungen befürwortet habe. Und die, die dachten, sie täten mir damit etwas Gutes, sind ausgerechnet auch die Personen, die mir am nächsten stehen, und was mich dann immer entsetzt, ist, wie schlecht mich diese Menschen dann letztendlich kennen und einschätzen können. In meinem Kopf dreht sich alles. Nicht wegen des Alkohols, der ist durchaus auch reichlich geflossen heute Nacht; die Neuigkeiten haben mich nur schlagartig wieder nüchtern gemacht und ihretwegen drehen sich meine Gedanken ununterbrochen. Das ist nicht wirklich passiert. Alles nur ein böser Traum. Ich wanke ins Bad und schminke mich lustlos auf dem Toilettendeckel sitzend ab. Zurück im Zimmer schaue ich ein letztes Mal auf mein Handy. Fünf verpasste Anrufe, 15 Nachrichten. Alle von Mira und Nick. Es war kein Traum.

Ich schmeiße das Handy auf das Bett, öffne die Balkontür, lege mich auf den Boden und zähle Sterne. Das mache ich immer, wenn ich mich ablenken will.

Es geht mir nur ein Wort durch den Kopf. Warum? Es lief gut für mich, richtig gut. Und ich war glücklich, weil ich es zu schätzen wusste. Aber jetzt? Ich frage mich, was davon echt war und was davon reine Illusion.

Bis vor ein paar Stunden glaubte ich wirklich an das Gute im Menschen. Doch da war mein Leben auch noch nicht auf den Kopf gestellt.

Ich muss Stunden hier draußen gelegen haben und eingeschlafen sein, denn als ich wieder zu mir finde, geht die Sonne schon hinter den ersten Häusern draußen am See auf. Ich bin verwirrt. Habe anscheinend zu viel nachgedacht – über das Leben, die schönen Seiten, aber vor allem auch über die Tücken, die es mit sich bringt.

Wenn der Mensch doch nur mal seine Augen aufmachen würde, wenn er durch die Welt geht. Es könnte so vieles anders laufen. Nur durch Aufmerksamkeit, und vor allem durch Nicht-naives-Denken. Wieso gibt es denn keine Anleitung für das Leben? Für jeden einzelnen Schritt beim Schrankmontieren gibt es eine meist zu detaillierte Beschreibung. Und für das Leben? Mit dem man jeden Tag klarkommen muss? Nichts, nicht einmal ein Handbuch, das man bei der Geburt bekommt, zum Beispiel *„Das Leben, einfach und leicht gemacht"*, *„Leben für Dummies"* oder *„Das Rezept für ein genüssliches Leben"*. Ach, was weiß ich. Jedenfalls sollte man vor den Risiken und Nebenwirkungen vielleicht vorher warnen.

Ich habe zwar keine Ahnung, wie ein solches Handbuch genau aufgebaut sein sollte, aber über gewisse Tücken könnte man ja durchaus vorher mal aufgeklärt werden.

14. Juli 2017

Ich habe mich von der Außenwelt abgeschottet. Jetzt, wo es endlich an der Zeit ist, sich auf etwas Neues zu freuen und seine Freizeit zu genießen, bin ich damit beschäftigt, über das Vergangene zu grübeln. Anrufe und sämtliche Nachrichten von Mira und Nick ignoriere ich aber strikt. Wie es mir geht und wo ich bin. Meinen die das ernst? Da wird mir so eine Geschichte aufgetischt und ich erfahre, dass das letzte Jahr aus einer einzigen Lüge bestand, und darüber soll ich nun in zwei, drei Tagen hinwegsehen? Tatsächlich fühlte ich mich nach dieser Neuigkeit wie betäubt. Immer und immer wieder ging mir das ganze Gespräch mit Mira durch den Kopf. Und dann begann ich in der vergangenen Zeit nach Hinweisen und Anzeichen für diese Bombe zu suchen. Das Schlimme ist ja nicht, dass Mira mir verheimlicht hat, dass sie mit Nick schon länger in Kontakt stand, aber dass sie dafür verantwortlich war, dass er sich so aus dem Staub machte und dass sie das obendrein noch ausnutzte. Vielleicht ist es unfair, ihr die ganze

Schuld zuzuschreiben, aber irgendwie bin ich der Meinung, dass Nick alleine zu einer solchen Aktion nicht imstande war. Dafür kannte ich ihn ziemlich gut. Was mir aber nach ein paar Tagen einfiel, war Folgendes: Mira war vor etlichen Jahren, ich glaube gleich zu Beginn des Gymnasiums, unsterblich in einen Jungen verknallt. Damals habe ich sie immer bei ihren Formulierungen für die Liebesbriefe unterstützt. Und der, um den es ging, war Nick. Das war so lange her, dass ich das gar nicht mehr bedacht habe. Aber trotzdem, ich versteh das Ganze nicht. Als beste Freundin wusste sie nur zu gut, dass ich zwar Abschiede hasse, aber aus dem Grund, dass die Person dann wegging, und das hieß nicht, dass ich gar keine Verabschiedung besser fand. Ich nahm aber die letzten Tage zum Anlass, meinen Vorsatz in die Tat umzusetzen. Ich begann auszumisten. Ich startete im Kleiderschrank und ging dann schrittweise durch das gesamte Zimmer. Meine Freunde haben sich ja nun von selbst ausgemistet. Meine Liste wurde von Tag zu Tag kürzer. Klar, ich hatte ja nun Zeit, alles zu erledigen und mich auch ein bisschen abzulenken.

Nähe, das sind 2 kurze Silben für: Hier hast du mein Herz und meine Seele, mach sie zu Hackfleisch, viel Spaß dabei!
(Grey's Anatomy)

Als ich gerade die Bilderreste meiner ehemaligen besten Freundschaft in die Mülltonne schmiss, stockte mir der Atem. Ich drehte mich wortlos um. Dass Mira noch nicht auf die Idee gekommen ist und ich überhaupt so lange Ruhe hatte, wunderte mich ja.
„Leni warte!" Er lehnt am Briefkasten an der Hofeinfahrt. Er hat wohl schon länger hier gewartet.
„Was willst du hier?" Ich bin ziemlich sauer auf ihn. Ob er nun etwas dafür kann oder nicht. Das weiß ich ja noch nicht einmal.
„Ich weiß, es war zweifelsfrei nicht alles in Ordnung, aber ich wollte dich nicht verlieren. Bitte, hör dir wenigstens meine Version an. Gib mir die Chance, dir das zu erklären."

Ich bin völlig energiegeladen, viel zu lange habe ich alles für mich behalten.

„Was wird das hier? Ein halbes Jahr nachdem du dich verpisst hast, kommst du jetzt an? Das hättest du längst machen können. Große Klappe, aber absolut nichts dahinter. Mal sehen, was du dir dieses Mal ausdenkst oder wie? Die Kleine glaubt ja eh alles. Was war das für dich? Und ich habe dir vertraut. Ich habe dir wirklich vertraut, und das auch nur, weil ich dachte, dass du mir auch vertraut hast. Vielleicht war ich naiv, aber Glückwunsch, du hast es geschafft: Ich habe dir alles abgekauft."

Mein Herz pocht mir bis zum Hals und mein Puls rast.

Mit diesen rauen Worten hat er wohl nicht gerechnet.

„Leni, warte. Ich habe alles ernst gemeint. Jedes einzelne Wort. Das ist alles nur ein Missverständnis!"

Ich drehe mich um und schließe die Tür hinter mir. Tränen schießen mir in die Augen.

Jedes einzelne Wort. Alles ernst gemeint – jedes einzelne Wort. Seine Stimme erschallt in meinem Kopf wieder und wieder. Dass ich nicht lache! Wie kann man mich nur für dermaßen blöd verkaufen. Auf den Kopf gefallen bin ich ja nun wirklich nicht. Ich wage noch einmal einen Blick aus dem schmalen Fenster neben der Haustür hinaus. Er steht nicht mehr dort; so wichtig kann es ihm dann auch nicht gewesen sein. Ich atme tief durch und gehe langsam nach oben. Meine Beine zittern. Ich werde seinem Auftauchen jetzt keine Gedanken widmen. Ich räume mein Zimmer fertig auf, ich werde nicht daran denken, einfach nicht daran denken, predige ich mir. Ich schließe meine Zimmertür und atme ein letztes Mal tief durch.

„Leni, bitte hör mir zu."

Ich drehe mich erschrocken um. Er steht in meinem Zimmer. Er ist ziemlich außer Atem, aber er steht in meinem Zimmer. Das ist keine Illusion oder ein Traum, er steht leibhaftig hier.

„Wie bist du hier reingekommen?" Ich bin mir meiner aktuellen Gefühlszustände nicht bewusst.

„Hochgeklettert. Aber, bitte, lass mich das erklären", er schnauft noch ziemlich arg.

„Raus!", meine Gefühle werden aufgrund völliger Überwältigung und ihres undefinierbaren Zustandes ausgeschaltet. Dagegen spricht für sie stattdessen einmal in seiner Anwesenheit meine Rationalität: „Raus, ich meine es ernst!" Ich bin sogar so gütig und mache einen Schritt zur Seite, damit er diesmal über den Weg durch das Treppenhaus verschwinden kann und nicht wieder waghalsig hinunterklettern muss.

„Leni, ich kann nicht. Bitte, nur fünf Minuten. Gib mir nur diese paar Minuten."

O. k., irgendwie bin ich ja auch gespannt, was er zu seiner Verteidigung zu sagen hat und wie seine Version der Geschichte ausschaut. Ich nicke nur zaghaft.

„Ich habe noch eine Bitte. Hör dir das alles erst an, bevor du zwischendurch ausrastest, du bekommst jetzt die ganze Wahrheit zu hören. Ich war ein Arsch. Was ich dir damit angetan habe, habe ich leider erst viel zu spät bemerkt. Es tut mir so unglaublich leid. Du weißt, wie sehr ich mir das Stipendium gewünscht habe. Und mit dir, das war alles so perfekt." Er atmet langsamer und sucht währenddessen Blickkontakt. Es ist wieder dieser manipulative Blick, der meine Beine weich werden und die Schmetterlinge in meinem Bauch ausbrechen lässt. „Leni, bevor du kamst, wollte ich nie etwas von einer Freundin wissen. Und als ich dich besser kennengelernt habe, das hat wirklich alles geändert. Aber dann habe ich Panik bekommen, das kam mir alles viel zu einengend vor. Ich wusste irgendwie nicht, was das zwischen uns war. Einerseits kam es mir so ernst vor, fast zu ernst, und ich dachte, dass ich nicht der Richtige für dich bin und ich hatte das Gefühl, dass irgendwas zwischen uns beiden gefehlt hat, weil wir uns so oft irgendwie doch nichts zu sagen hatten, und ich weiß jetzt, dass es dir genauso ging. Ich war nicht ganz offen zu dir, aber ich habe auch das Gefühl, dass du mir viel sagen wolltest, was du letzten Endes nicht getan hast. Und ich kann nur sagen, dass du mir so unglaublich viel bedeutest, dass ich nie etwas Falsches sagen wollte und es das Schlimmste für mich gewesen wäre, dich zu verlieren. Deswegen wussten wir wohl beide nicht, woran wir sind, weil wir zu wenig darüber geredet haben. Und ich dachte, irgendwie ist es wohl doch nicht das Wahre, dass es nicht passt. Ich will Mira nicht die Schuld in die Schuhe schieben, aber sie hat meine Zweifel zudem immer wieder bestärkt und ich wurde ziemlich unsicher. Ich hatte das Gefühl, dass du jemand anderen verdient hast und ich vielleicht jemanden finden würde, der mir die Angst nimmt, die ich immer mit dir hatte. Aber mir ist klar geworden, dass die Angst, dich für immer verloren zu haben, viel größer ist, als die, mich dir anzuvertrauen und deine Nähe komplett zuzulassen. Mira hat mir ab und zu geholfen, als ich nicht wusste, was ich machen soll. Ich dachte, das wäre keine schlechte Idee, die beste Freundin um Rat zu fragen, aber das war wohl auch nicht komplett durchdacht."

„Nicht komplett durchdacht. Was bist du nur für einer? Ist dein Plan wohl nicht ganz aufgegangen? Kannst du dir vielleicht nur annähernd vorstellen, was das für ein Gefühl war? Als du von heute auf morgen weg warst? Und als ich dann von Mira diese absurde Geschichte erzählt bekomme? Mitten in der Nacht und da muss ich dem Alkohol wohl auch noch dankbar sein, sonst hätte ich das wahrscheinlich nie erfahren! Aber du hast die ganze Zeit nicht die Klappe aufbekommen! Du kannst mich mal, Nick! Ich habe mit dem ‚was auch immer das zwischen uns war' abgeschlossen. Du hast nicht annähernd eine Ahnung davon, wie fertig mich das gemacht hat und wie unglaublich verzweifelt ich war. Es hat mich die längste Zeit beschäftigt und ich bin froh, dass ich damit abschließen konnte. Und jetzt passt es dir plötzlich in den Kram und du kommst auf die Idee, dass du Monate später hier ankommen kannst, und damit ist wieder alles gut?"

„Leni, was ist los mit dir? Ich erklär es dir doch gerade. Und was ist denn mit dem Kuss beim Feuerwerk? Warum hast du mich dann geküsst, wenn ich dich doch so verletzt habe und du mit mir abgeschlossen hast? Der hat dir auch noch was bedeutet, das weiß ich, das habe ich gespürt! Leni, du bist der wichtigste Mensch in meinem Leben und du gibst mir so viel. Du glaubst gar nicht, wie ich dich die letzten Wochen vermisst habe und wie ich mich selbst fertiggemacht habe und mir den Kopf darüber zerbrochen habe. Was das mit Mira angeht ... sie hat wirklich alles versucht

und in einem einzigen Moment bin ich schwach geworden. Das war in den Weihnachtsferien und ich hatte reichlich getrunken. Es war nur ein Kuss, ich weiß nicht, was für eine Geschichte sie dir erzählt hat, aber nach einem Kuss war Schluss und ich bin nach Hause gegangen. Weißt du, ich dachte, ich hab's eh schon verbockt mit uns beiden. Als ich aber deinen Blick letzte Woche gesehen habe, wusste ich, dass ich dich nicht so einfach gehen lassen kann und dass du mich auch nicht gehen lassen willst. Gib mir noch eine Chance und ich zeig dir, dass ich nicht der Idiot bin, für den du mich gerade hältst. Ich liebe dich, Leni!"
„Raus! Geh einfach!" Ich öffne meine Zimmertür und mache eine bestimmte ausladende Geste.
„Leni, bitte, was soll das? Sag doch bitte was dazu!"
„Geh!"
Ihm stehen die Tränen in den Augen, aber er gibt nach und geht zögerlich an mir vorbei die Treppe hinunter.
Dieser Arsch. Ich schließe die Tür und breche in Tränen aus. Wieso kommt er gerade jetzt damit an? Ich habe das nicht so gemeint, was ich zu ihm gesagt habe. Ich wollte ihn vergessen. Und jetzt sagt er genau das, was ich die ganze Zeit von ihm hören wollte. Es ist absolut das, was ich auch festgestellt habe. Bis zu seinem plötzlichen Abgang lief natürlich nicht immer alles glatt. Das Gleiche, was er erwähnt hat, ist mir auch aufgefallen. Aber in welcher Beziehung ist schon alles harmonisch? Dass wir nicht miteinander geredet haben, war wohl einer der größten Fehler. Er hat ja recht. Mit allem. Ich kann ihn noch nicht loslassen und ich will ihn immer noch. Ich weiß, dass er auch anders kann, und ich sollte ihm die Chance geben, mir das zu zeigen. Ich warte noch einen Moment, aber ich umgreife die Türklinke zaghaft. Doch ich lasse sie aus der Hand gleiten. Ich will ihn, aber es tut noch zu sehr weh. Alles Vertrauen, die Nähe, die wir hatten, auch wenn sie noch so ambivalent war – all das hat sich verändert. Im Moment fühlt es sich nur so an, als würde mir gerade eine Wunde, die gerade geheilt war, wieder brutal aufgerissen werden.

20. Juli 2017

Jedes Abenteuer ist nur eine Entscheidung von dir entfernt.
(Lisz Hirn)

Ich habe mich wieder halbwegs gefangen. Ich habe mir einen Ferienjob verschafft, um ein bisschen Geld zu verdienen und mir vor allem meine freie Zeit zu vertreiben. Heute habe ich beschlossen, mal wieder in die Stadt zu gehen und ein paar neue Klamotten zu kaufen. Eventuell auch einen neuen Look auszuprobieren. Ich denke, es ist Zeit für einen Tapetenwechsel. Als ich in die Einkaufsstraße einbiege, bleibe ich bei einem Friseur stehen. Warum eigentlich nicht. Ich war schon lange nicht mehr dort und ein neuer Schnitt, eventuell auch ein wenig Farbe sind bereits einige Zeit überfällig. Schon ertönt die Ladenklingel, als ich den Laden betrete.

Nach einer radikalen Veränderung von den braven blonden, schulterlangen Engellocken hin zu einem Brazilian Blowout und einem Ombré-Look geht es weiter in die Innenstadt. Ich nehme unzählige Klamotten mit in die Kabine, die ich bisher nie im Leben getragen hätte, doch heute bin ich abenteuerlustig, spontan und risikobereit.

Drei Stunden später ist meine Geldbörse dann jedoch ziemlich strapaziert worden und ich gönne ihr bei einer Eisschokolade eine Pause. Völlig entspannt nehmen meine Augen jedoch ein Gesicht wahr, dem ich noch nicht bereit war, gegenüber zu treten. Mira steht dort drüben mit ein paar Jungs am Brunnen. Ich habe mir erhofft, dass mir dieses Treffen noch einige Wochen erspart bleiben würde. Bis heute habe ich mich nicht bei ihr gemeldet und nach zahlreichen Versuchen ihrerseits, mit mir Kontakt aufzunehmen, hat sie sich vorerst damit abgefunden und mich in

Ruhe gelassen. Da ich mir aber gerade heute nicht die Laune verderben lassen möchte und sie mich noch nicht entdeckt hat, schnappe ich mir meine Eisschokolade und mische mich unter die zahlreichen Passanten in der Fußgängerzone. Stets mit einem wachen Auge nach hinten, ob sie noch am Brunnen steht und ob sie in meine Richtung geschaut hat. Als ob ich es geahnt hätte, bewegen sie sich alle auf die Eisdiele zu. Zum Glück habe ich rechtzeitig die Flucht ergriffen. Allerdings bringt mich das zum Nachdenken. Ich kann ihr nicht ewig aus dem Weg gehen und es ist auch ziemlich kindisch, dass ich vor ihr weggerannt bin. Das nächste Mal werde ich der Tatsache ins Auge blicken und ein Gespräch mit ihr führen, im Fall, dass wir uns zufällig über den Weg laufen sollten. Auf einen gemeinsamen Flug nach Amerika kann ich dennoch verzichten, den habe ich vor einigen Tagen gecancelt. Stattdessen kommt mir eine absurde Idee, als ich zu Hause angekommen bin, die mich bis in die Abendstunden nicht mehr loslässt. Ich wollte die ganze Zeit die Welt bereisen, und wenn nicht jetzt, wann dann? Ich habe auch inzwischen genug davon, das alles von anderen Menschen abhängig zu machen. Ich spiele tatsächlich mit dem Gedanken, einen Last-minute-Flug nach Neuseeland zu buchen.

Schon habe ich den „Jetzt Kaufen"-Button gedrückt. In einer Woche geht's los auf die Südhalbkugel. Ein Rückticket ist noch nicht inbegriffen. Ausnahmsweise habe ich im Gegensatz zu sonst immer für dieses Abenteuer noch keine Pläne gemacht. Auch meinen Eltern ist schon aufgefallen, wie sehr ich mich in den letzten Wochen verändert habe. Ich war wirklich verletzt nach der Geschichte mit Mira und Nick. Aber ich denke, auch das hat seinen Grund gehabt. Ich bin lockerer geworden, plane weniger, lasse mehr auf mich zukommen und probiere viel aus. In diesem Moment sticht mir ein weiterer Zettel an meiner Wand direkt ins Auge.

> *We don't meet people by accident,*
> *they are meant to cross our path for a reason.*
> (Kathryn Perez)

Nichtsdestotrotz war es nicht einfach, die beste Freundin gehen zu lassen. Diesmal jedoch nicht für einen bestimmten Zeitraum und aus einem absehbaren Grund, sondern aus einem ganz anderen Hintergrund und vor allem für unbestimmte Zeit.

Ich schiebe die Gedanken zur Seite und beginne meine Einkäufe auszupacken. Ich hatte enorm viel Spaß beim Shoppen meiner neuesten Beute. Sogar eine Lederjacke habe ich mir besorgt. Schon interessant, was Klamotten an einem ändern und auslösen können.

> *Die Seele dieses Menschen sitzt in seinen Kleidern.*
> (William Shakespeare)

Allein die Körperhaltung und auch das Selbstbewusstsein können enorm von Stoffen beeinflusst werden, über deren Effekte habe ich erst in der letzten *Vogue* gelesen. Ich nehme die Tüten mit hinunter ins Wohnzimmer und empfange, wie erwartet, allein schon durch meine neue Frisur sehr überraschte Reaktionen meiner Eltern. Nachdem ich ihnen meine neuen Klamotten gezeigt habe, beginne ich von meinem Neuseelandtrip zu erzählen. Meine Eltern wurden von Wort zu Wort stutziger. Ich rechne zuerst mit einer schroffen und verärgerten Antwort, allerdings habe ich mich getäuscht. Sie sind sichtlich begeistert von meinem Vorhaben und sichern mir ihre Unterstützung zu. Sie haben sich die letzten Tage tatsächlich Sorgen um mich gemacht, das habe ich ihrer Stimmlage und ihren Blicken entnommen. Wir haben zwar noch nicht darüber geredet, aber ich bin mir sicher, dass sich der Mutterinstinkt wieder bei meiner Mama gemeldet hat und sie schon wieder Bescheid weiß, dass es Ärger mit Mira und Nick gegeben hat.

28. Juli 2017

Die Vorbereitungen für meine Reise sind im vollen Gange. Ein Gedanke hat sich jedoch in den letzten Tagen immer mehr in den Vordergrund gedrängt. Es wird Zeit, die Sache mit Mira zu klären. Ganz egal, wie das gelaufen ist, ich will reinen Tisch machen, bevor ich nach Neuseeland aufbreche. Ich schnappe mein Handy, öffne WhatsApp, hebe die Blockierung für Miras Nummer auf und beginne zu schreiben. Nach dem fünften Formulierungsversuch entscheide ich mich dann doch für die direkte Konfrontation. Bevor ich einen Termin für ein Gespräch mit meiner besten Freundin ausmache, gehe ich doch lieber persönlich bei ihr vorbei.

Ich biege in ihre Straße ein und stehe schon vor dem gigantischen Haus. Als in an der Tür angekommen bin, atme ich noch einmal tief durch. Auf dem Weg hierher habe ich mir Gedanken darüber gemacht, wie unser Gespräch ablaufen wird und was ich ihr sage, allerdings stehe ich immer noch ohne perfekten Schlachtplan vor ihrer Haustür, als ich schon die Klingel betätigt habe.

Mira öffnet schwungvoll die Tür und genauso schnell verändert sich ihr Gesichtsausdruck von großer Freude zu noch größerem Erstaunen. Sie schreckt einen Schritt zurück.

„Hi, Leni. Was machst du hier?" Es ist nicht vorwurfsvoll, sondern einfach zaghaft und unsicher.

„Hi. Können wir kurz reden? Hast du Zeit?" Ich bemühe mich nett und offen zu klingen.

„Oh, o. k., ja klar, komm rein! Ich bin nur schon auf dem Sprung zum Flughafen, aber ich habe noch ein paar Minuten." Ich folge ihr nach drinnen.

„Ah, stimmt, heute geht's nach Amerika?" Auf dem Weg ins Wohnzimmer entdecke ich die Koffer neben der Treppe.

„Ja, genau. Um fünf geht mein Flug. Möchtest du etwas trinken?"

„Nein, danke." Ich nehme auf dem Sofa Platz, Mira setzt sich daneben und sieht mich erstaunt an.

„Ich fange einfach mal an, o. k.? Ich habe mir zwar auf dem Weg ein paar Dinge zurechtgelegt, aber nichts passt zu dem, was ich dir zu sagen habe. Dass ich mich nicht gemeldet habe, war blöd von mir, aber ich musste diesen Brocken an Neuigkeiten erst einmal eine Zeit lang verdauen und ich habe die Zeit auch wirklich benötigt, um mir im Klaren darüber zu werden."

„Ja, das ist auch verständlich." Sie sieht betroffen zur Seite.

„Und Leni – es tut mir leid. Das alles. Vor allem, dass du es auf diese Weise erfahren musstest. Und dass es überhaupt erst so weit gekommen ist. Ich war so unglaublich egoistisch. Ich meine, kein Wunder, dass selbst Jake nach ein paar Wochen nichts mehr von mir wissen wollte. Ich weiß nicht, wie ich in nur einer Sekunde unsere Freundschaft für all das aufgeben konnte. Leni, meine beste Freundin fehlt mir und ich weiß, dass ich richtig Scheiße gebaut habe, aber ich komm noch weniger ohne dich klar, ich brauch dich doch! Und was Nick angeht, den habe ich komplett abgehakt und wir haben nur noch so viel Kontakt, wie man eben zwangsweise hat, wenn die Eltern zusammen sind."

„Weißt du, ich glaube dir das auch. Aber ich kann das einfach nicht vergessen – noch nicht. Wir können das, was passiert ist, nicht ungeschehen machen, aber ich habe mir die letzten Tage auch über deine Situation Gedanken gemacht und mittlerweile wird mir klar, dass wir alle drei dazu beigetragen haben, dass es so weit gekommen ist. Ich habe dich total vernachlässigt, weil es für mich nur noch Nick gegeben hat. Mein Kopf war so voll mit Nick und anderen Dingen, dass ich nicht einmal bemerkt habe, wie schlecht es dir dabei gegangen ist. Mira – trotz allem sind wir doch beste Freundinnen und du fehlst mir auch unglaublich. Gib mir nur noch ein wenig Zeit, bis ich dir wieder komplett vertrauen kann und wir wieder dorthin kommen, wo wir einmal waren." Sie nickt langsam.

Ich greife in meine Tasche und stelle das gerahmte Bild von uns beiden mit unserem Kirschbaum auf den Tisch. „Damals und heute. Aus Amerika und für Amerika."

Mira sieht auf das Foto, nimmt es in die Hand und lächelt mich erleichtert an. „Danke, Leni." Wir umarmen uns ganz fest. Es klingelt.

„Oh, das ist mein Taxi zum Flughafen. Das wäre zu schön gewesen, wenn wir dieses Abenteuer zusammen erlebt hätten. Willst du nicht doch mitkommen?"

„Das wäre wirklich genial, aber ich fliege erst mal in drei Tagen nach Neuseeland für unbestimmte Zeit."

„Das klingt auch nicht schlecht. Aber falls du es dir anders überlegst, kannst du doch von Neuseeland über die USA nach Hause fliegen. Melde dich, wenn du darüber nachgedacht hast, ich fände das super!"

Ich grinse sie an. Auf eine solch absurde Idee kann nur Mira kommen. Wir schnappen uns ihr Gepäck, verladen es ins Taxi und verabschieden uns. Ein Stein fällt mir vom Herzen. Ich bin wirklich froh, dass zwischen uns wieder alles gut ist.

01. August 2017

Und wenn du den Eindruck hast, dass das Leben ein Theater ist, dann such dir eine Rolle aus, die dir so richtig Spaß macht.
(William Shakespeare)

Wir steigen aus unserem Auto aus, Papa hilft mir die Koffer auszuladen und dann machen wir uns auf den Weg ins Innere des Flughafens. Nachdem ich meinen Koffer aufgegeben habe, ist es an der Zeit, mich zu verabschieden. Mein Vater lässt mich nur ungern gehen, aber noch vor dem großen Gefühlsausbruch bin ich auch schon in Richtung Sicherheitskontrolle geflüchtet. Da ich noch Zeit habe, bis mein Flug startet, gehe ich mich mit Verpflegung und Zeitschriften ausstatten.

Als ich im Wartebereich angekommen bin, stelle ich meinen Rucksack vor meinem Sitz ab, strecke meine Beine aus und nehme mir die *Vogue* zur Hand. Plötzlich stolpert jemand über meinen Rucksack.

„Ich würde mich ja noch weiter ausbreiten, dass man hier nicht mehr durchkommt." Dass die Menschen immer alle so genervt und unentspannt sein müssen!

Ich nehme die Zeitschrift erschrocken herunter.

„Entschuldigung, das war nicht meine Absicht. Ich habe Sie nicht kommen sehen – Nick?"

Er rafft sich gerade auf und hebt seinen Reisepass vom Boden auf. Er sieht mich ungläubig an.

„Leni? Was machst du hier?"

„Nach was sieht es denn aus? Ich bin hier am Flughafen als Stolperfalle angestellt. Und wenn ich davon genug habe, fliege ich nach Neuseeland."

Er grinst. „Na zum Glück haben sie dir deinen Humor noch nicht genommen. Was für ein Zufall. Du verfolgst mich doch nicht etwa?"

„Ich hatte nicht die geringste Ahnung. Du willst doch nicht auch zufällig in diese Richtung fliegen?"

„Doch, das hatte ich ehrlich gesagt vor. Jetzt, da ich weiß, dass dieser Flug enorm gefährlich werden kann, wenn du auch an Bord bist, überlege ich mir das noch einmal. Nein, Spaß beiseite. Fliegst du ehrlich mit dem Flug in einer Stunde nach Neuseeland?"

„Ja, das hatte ich vor. Vorausgesetzt ich werde vorher nicht als besonders riskant eingestuft, da ich eine erhebliche Gefahr für die anderen Passagiere darstelle. Und was hast du in Neuseeland vor? Bist du allein unterwegs?"

„Ja, das bin ich. Ich mache einen spontanen Trip, wir haben jetzt an der Hochschule auch vier Wochen frei. Habe aber noch keine richtigen Pläne für Neuseeland und du?" Er setzt sich neben mich.

„Ich habe mich auch ziemlich spontan dafür entschieden und habe noch nicht die geringste Ahnung, was ich machen werde, wenn der Flieger gelandet ist. Ich lass das mal auf mich zukommen."
„Wow, das hätte ich ja nicht gedacht. Solche Worte aus deinem Mund."
„Tja, da gibt es wohl einiges, was du mir nicht zutraust." Ich zwinkere und wir grinsen uns vielsagend an.

„Flug NZ 92018 an Gate 42 ist nun zum Boarding bereit. Flug NZ 92018. Bitte lassen Sie Ihr Gepäck nicht unbeaufsichtigt!", ertönt unser Aufruf in der Durchsage.

Wir brechen gemeinsam zum Gate 42 auf. Nachdem wir kurz mit unseren Sitzpartnern im Flugzeug geredet haben, bekamen wir es geregelt, dass wir uns nebeneinandersetzen konnten. Es war doch ziemlich angenehm, ein bekanntes Gesicht neben sich zu haben. Über diese Sache zwischen uns beiden haben wir in den letzten Stunden kein einziges Wort verloren. Wir hatten ja noch fast einen ganzen Tag Reise vor uns. Außerdem ließen langes Warten an Flughäfen und zwei Zwischenstopps keinen Platz für unangenehme Gesprächsthemen wie dieses. Um des Friedens willen überließ ich ihm sogar den Fensterplatz. Wir kamen von einem Thema ins nächste und ich hatte das Gefühl, dass ich zum ersten Mal ganz ungezwungen mit ihm reden konnte. Da war kein Druck, keine anderen Personen, keine Gedanken darüber, was andere wohl gerade über uns denken. Und es machte richtig Spaß. Man konnte sich richtig gut mit ihm unterhalten. Wir sprachen über ernste Dinge, aber kamen dann doch wieder auf verrückte Ideen, Träume und Scherze zurück. Es waren einfach nur zwei Personen, die sich im Flugzeug ungezwungen unterhielten. Wir waren zum ersten Mal Nick und Leni. Nach fünf Stunden hat uns allerdings die Müdigkeit eingeholt und wir schliefen bis zum ersten Stopp durch.

Ich bin nichts Besonderes. Er ist nichts Besonderes.
Zusammen sind wir was.
(Real Love)

02. August 2017

Unsere gemeinsame Zeit verging unglaublich schnell. Kurz vor unserem Reiseziel Auckland kam Nick auf das befürchtete Thema letzten Endes noch zu sprechen.

„Ich weiß nicht, wie das jetzt die nächsten Tage weitergeht und wohin es jeden von uns verschlägt. Vielleicht ist es auch besser, wenn jeder seinen eigenen Weg geht, aber trotzdem will ich dir noch eine Sache sagen. Egal, ob wir vielleicht einen oder zehn Tage miteinander haben oder nur die nächsten zwei Stunden. Ich kann mir keine bessere Gesellschaft als dich vorstellen und du glaubst gar nicht, wie glücklich ich über diesen absurden Zufall bin."

„Vielleicht ist das ja gar kein Zufall, sondern Schicksal."

„Vermutlich. Du machst dich doch jetzt aber nicht darüber lustig?"

„Nein, das war mein voller Ernst", ich grinse in mich hinein.

„Und, was denkst du? Wie geht es jetzt weiter?"

„Ich weiß es nicht, Nick. Frag doch mal das Schicksal."

„Haha. Und du tust es schon wieder. Nie kannst du ernst bei der Sache bleiben."

„Ach, hab dich nicht so. Wenn ich dem Schicksal nur einmal kurz dazwischenfunken darf, würde ich zuerst einmal vorschlagen, dass wir aussteigen." Nick sieht sich um und bemerkt erst jetzt, dass das Flugzeug schon bis auf uns beide verlassen worden ist.

Nachdem das Gepäck abgeholt ist, gehen wir gemeinsam in Richtung Ausgang. Wir haben ausgemacht, dass wir uns die nächsten Tage treffen, aber zuerst einmal werden sich unsere Wege trennen. Und zwar in unsere Unterkünfte. Nick wird bereits von einem Mitarbeiter der Organisation, über die er gebucht hat, erwartet. Es ist an der Zeit, sich zu verabschieden. Er nimmt mich in den Arm. Es ist jene Art von Umarmung, die mich vor Monaten dahinschmelzen ließ. Verwirrenderweise tut sie es heute wieder.

„Also dann …" Ich versuche mich zusammenzureißen.

„Also dann … melde dich, wenn du Zeit und Lust hast, die Gegend zu erkunden", er lässt mich langsam los und wendet sich an John, der sich zwischenzeitlich vorgestellt hat. Er wird Nick zu seinem Apartment bringen.

„Mach ich." Er dreht sich um, schaut noch einmal zurück, winkt mir, bevor er um die Ecke biegt, zu und dann ist er außer Sicht. Währenddessen stehe ich hier mit meinem Koffer, meinem Rucksack. Es steigt ein Gefühl in mir auf, das ich seit Monaten unterdrückt habe und von dem ich nicht einmal mehr wusste, dass ich es je so stark empfunden habe. Ob das an der neuseeländischen Luft lag, die mir zu Kopf stieg, oder an Nick selbst. Vielleicht war es auch die Tatsache, allein im fremden Land zu sein und das Ungewisse vor sich zu haben, oder die plötzliche Freiheit. Doch ich fühle jetzt eine Sicherheit, dass es das Richtige sein könnte. Es ist die Klarheit meiner Gefühle, die in den letzten Monaten ausgeblieben ist und nach der ich mich gesehnt habe.

Ich schnappe meinen Koffer und renne um die Ecke. Doch er ist bereits in der Menge untergetaucht. Ich kann ihn nicht finden. Ich sehe mich in alle Richtungen um, wohin er gegangen sein könnte. Angestrengt durchforsten meine Augen die Menschen jeglicher Kulturen und Konstellationen, stets zusammengekniffen aufgrund der extremen Sonne.

Doch dort hinten, gerade am Einladen seiner Koffer in den Jeep, sehe ich seine schwarze Baseballmütze. Mein Herz schlägt mir bis zum Hals. Die Hitze hier ist enorm im Gegensatz zu Deutschland. Ich komme völlig außer Atem an und bleibe ein paar Meter hinter ihm stehen.

„Nick."

Er dreht sich erstaunt um und grinst mich erleichtert an.

„Leni."

Ich komme ein paar Schritte auf ihn zu.

„Ich muss dir das noch sagen. Das … das, was ich gesagt habe, als du bei mir zu Hause warst, das war nicht so gemeint. Ich war einfach wütend und ich weiß noch nicht einmal, auf wen oder was genau. Das Ganze war von Anfang an eine verkorkste Situation. Zuerst der Zeitpunkt, an dem wir zusammengekommen sind, dein Stipendium und Mira. Wir hatten einfach ein schlechtes Timing erwischt. Ich wollte mich nie derart mit dir streiten. Ich bin mir sicher, dass man das auch besser hätte klären können. Ich war bestimmt auch nicht unschuldig daran, wie das gelaufen ist, und es tut mir leid, dass ich dir nicht einmal die Chance gegeben habe, deine Sicht zu erklären."

„Leni, das …"

„Warte! Eine Sache muss ich noch loswerden. Ich will, dass du weißt, dass du mir nicht egal warst, all die Monate nicht und es immer noch nicht bist. Ich will und kann dich einfach nicht vergessen."

„Leni?"

„Ja?"

„Dafür ist dein Timing jetzt genau richtig."

Er nimmt mein Kinn zärtlich zu sich und küsst mich.

Als wir uns wieder voneinander lösen, schaut er mich vorwurfsvoll an: „Du hast dir ganz schön Zeit damit gelassen. Weißt du, wie ich die letzten Stunden gezappelt habe?"

„Das hast du auch verdient." Ich grinse ihn nur frech an und er zwickt mich in die Seite.

„Ey, pass auf. Du musst dich gut mit mir halten, du wirst mich so schnell nicht mehr los." Er umarmt mich fest.

„Na toll. Bist wohl doch ziemlich hartnäckig. Sag mal, hast du etwa darauf gepokert, dass das so läuft? Gib's zu, das war von Anfang an geplant."

„Das war kein Plan, sondern Schicksal. Hast du doch selbst gesagt." Wir grinsen uns vielsagend an.

Die große Liebe zu treffen, ist eine Sache.
Sie wiederzufinden, eine ganz andere.
(Weil es dich gibt)

15. August 2017

Wir landen pünktlich um zwanzig nach sieben. Ich bin total k. o. vom Flug und den letzten zwei Wochen. Es war ein grandioses Abenteuer. Nick und ich haben jeden Tag gemeinsam verbracht und es hat sich nicht eine Sekunde falsch angefühlt. Wir gingen in atemberaubende Nationalparks, waren an fantastischen Wasserfällen und faszinierenden Orten, lernten Einheimische kennen und sammelten Erinnerungen für das ganze Leben. Und das Beste daran: Wir waren endlich einfach Nick und Leni.

Diese Reise war mit Abstand die spontanste und gleichzeitig beste Entscheidung, die ich treffen konnte. Ich hatte erstmals das Gefühl, zur richtigen Zeit am richtigen Ort mit der richtigen Person zu sein und vor allem: ich selbst zu sein. Ich habe endlich verstanden, dass ich mich nicht mehr zu verstecken brauche und dass mir diese Ehrlichkeit mit mir selbst und anderen den Schlüssel zum Wertvollsten gegeben hat: Nicks Herzen.

Wir gehen gemeinsam in Richtung eines strahlenden Lächelns, das uns bereits empfängt.

„Ahh, ich freu mich ja so, dass das geklappt hat!" Miras Umarmung erdrückt mich fast.

„Hi, Mira!" Nick stellt sich neben mich und lächelt sie freundlich an. Dass zwischen den beiden auch alles geklärt ist, sieht man ihnen an.

„Hi, Nick! So kommt her. Ich will euch jemanden vorstellen. Das sind Ryan, Maggy, Ellen, David, Kate, Toby und Timothy."

Everything is o. k. in the end.
If it's not o. k., then it's not the end.
(John Lennon)

Und es geht doch um den Inhalt, viel mehr als um die Form.
Es geht doch um den Einzelfall, viel mehr als um die Norm.
Es geht nicht um Physik, sondern um Fantasie.
Vor allem geht's ums Was, viel mehr als um das Wie.

(Julia Engelmann)

Die Autorin

Louisa Metz, geboren 1997 in Hammelburg, lebt in ihrer unterfränkischen Heimat und macht eine Ausbildung zur Bauzeichnerin. Ausgehend von ersten Ideen und mit viel Spaß am Schreiben entwickelte die fantasievolle Autorin über vier Jahre hinweg ihr erstes Buch „Konfettiregen". In ihrer Freizeit ist sie am liebsten sportlich aktiv und neben dem Schreiben zeichnet und fotografiert sie gerne.

novum VERLAG FÜR NEUAUTOREN

Der Verlag

> Wer aufhört
> besser zu werden,
> hat aufgehört
> gut zu sein!

Basierend auf diesem Motto ist es dem novum Verlag ein Anliegen neue Manuskripte aufzuspüren, zu veröffentlichen und deren Autoren langfristig zu fördern. Mittlerweile gilt der 1997 gegründete und mehrfach prämierte Verlag als Spezialist für Neuautoren in Deutschland, Österreich und der Schweiz.

Für jedes neue Manuskript wird innerhalb weniger Wochen eine kostenfreie, unverbindliche Lektorats-Prüfung erstellt.

Weitere Informationen zum Verlag und seinen Büchern finden Sie im Internet unter:

www.novumverlag.com